弱気MAX令嬢なのに、辣腕婚約者様の賭けに乗ってしまった3

小田ヒロ

JN066528

ビーズログ文庫

イラスト／Ｔｓｕｂａｓａ．ｖ

contents

ピア・スタン

乙女ゲーム「キャロラインと虹色の魔法菓子《マジックスイーツ》」のモブ悪役令嬢に転生してしまい、弱気MAXに！

ルーファス・スタン

乙女ゲームのクール キャラ枠『宰相令息ルート』のヒーロー。ピアの事情を何もかも察して、過保護度MAXに！

人物紹介

マイク
スタン侯爵家の
警備責任者。
ピアの護衛。
カイル
パティスリー・
フジのオーナー。
転生者仲間。
キャロライン
『キャロラインと虹色の
魔法菓子《マジックスイーツ》』のヒロイン。
ヘンリー
騎士団長の息子。
乙女ゲームの攻略対象の
うちの一人。
エリン
ヘンリールートの悪役令嬢。
ピアの友達。

プロローグ

季節が春とはいえ、アージュベール王国の北に位置するルーファス様の——いえ、私たちのスタン領は、まだ朝方泉に氷が張る寒さだ。

私、ピア・ロックウェル伯爵令嬢《はくしゃくれいじょう》はつい先日、婚約者《こんやくしゃ》ルーファス・スタン侯爵《こうしゃく》令息と結婚《けっこん》し、ピア・スタン侯爵令息夫人となった。

ピア・スタン、ピア・スタン。前世の記憶《きおく》が名前の据《す》わりが悪いと脳裏《のうり》でぼやいているが、これぱっかりはどうしようもない。「ピア」、もしくは「スタン夫人」としか呼ばれることはないのでいいのである。

日本人大学院生の記憶を持つ私は、乙女《おとめ》ゲーム『キャロラインと虹色《にじいろ》の魔法菓子《マジックスイーツ》〈略して『マジキャロ』〉』に似た世界のシルエットモブ悪役令嬢として転生したのだが、ルーファス様の手腕《しゅわん》により国外追放エンドを回避《かいひ》した。

そしてヒロインのキャロラインが攻略《こうりゃく》対象者に贈《おく》った〈虹色のクッキー〉の毒成分〈マジックパウダー〉をルーファス様と共に解き明かして、彼らの治療《ちりょう》の目途《めど》が立ったので、ホッとした気持ちで化石たっぷりの大好きな領地でハネムーン中だ。

とはいえ、ここスタン領本邸《ほんてい》の私とルーファス様の隣《とな》り合った私室を繋《つな》ぐ扉《とびら》には、鍵《かぎ》がかかったままである。お義母様《かあさま》が「書面だけでなく神殿《しんでん》にて誓《ちか》いを立てなければ、夫婦《ふうふ》同室は認めない！」と、麗《うるわ》しい笑顔《えがお》でおっしゃったからだ。

ということで、ルーファス様は領地の内政を行いつつ、スタン領の神殿での挙式の準備を急ピッチで進めている。

「とりあえず婚姻届《こんいんとどけ》は受理されましたし、焦《あせ》らなくてもいいのでは？」

「ピア、どの角度から見ても結婚していると証明できなければ、その隙《すき》を突《つ》こうとする愚《おろ》か者《もの》が世の中にはいるんだよ。中途半端《ちゅうとはんぱ》なままだと、ピアを誘拐《ゆうかい》し、そのまま軟禁《なんきん》した悪人がピアは自分のものだと高らかに主張したら……。くそっ、考えるだけでも忌々《いまいま》しい！」

私を攫《さら》っても、身代金《みのしろきん》など貧乏《びんぼう》なロックウェル伯爵家には払《はら》えないのだが……あ、嫁《とつ》いだばかりなのにスタン侯爵家が負担するってこと？　いや、もし誘拐されてもすぐに護衛のマイクが壊滅《かいめつ》させるよね？　やっぱり私の誘拐にメリットはないけれど、ルーファス様にご面倒《めんどう》はかけられないので頷《うなず》いておく。

私はこの本邸の、幼い頃《ころ》から使わせていただいている自室で、挙式と披露宴《ひろうえん》の招待状を書いているところだ。あて先はエリンとアメリア様と転生仲間でパティスリーオーナーのカイル。

この世界では結婚式に招待された場合、配偶者《はいぐうしゃ》や婚約者がいれば、共に参列するのがマナーである。親友二人はそれぞれヘンリー様とエドワード王太子殿下《でんか》とご一緒《いっしょ》の参列となるだろうが、彼らはルーファス様の招待客でもあるので彼が招待状を用意する。

幼い頃は我が家とスタン侯爵家の往復のみで、アカデミーでも研究室に引きこもりだった私には、友人はたったこの三人だけ。

もちろん、すぐ隣《となり》でスタン家の漆黒《しっこく》の侍女《じじょ》服に身を包んでいるサラのことも、心の中では大好きな友人、というよりお姉さん、と思っている。

サラはここ数日休暇《きゅうか》を取っていて、昨日マイクと共にスタン領に合流した。私がルーファス様と一緒にいる時のほうが、二人とも休みを取りやすいらしい。

「それで、マイクのご両親はどうだった？　いい人そう？」

「はい。とても歓迎《かんげい》してくださいました。きっとロックウエル伯爵様《うちのだんなさま》のお手紙のおかげですわ」

なんと、マイクとサラはこの度《たび》婚約したのだ！　私が日々おろおろバタバタ過ごしている間に、サラはマイクにガッツリ捕《つか》まっていた。サラはしっかり者なのに、案外押しに弱かった模様。

マイクのご両親はスタンの義両親の信頼《しんらい》も厚い臣下で、お父様はかつてのメリークとの小競《こぜ》り合いでの功績で騎士爵《きししゃく》を与《あた》えられている。そんなお父様に鍛《きた》えられたのであれば、マイクが心身共に強いことに納得《なっとく》だ。

　現在はスタン領の第二の町を手堅《てがた》く仕切っており、そこへサラはマイクに連れられて挨拶《あいさつ》に行っていたのだ。

「父の手紙に大層な効果があるわけないいって。サラの朗《ほが》らかで面倒見のいい人柄《ひとがら》が伝わったのに違《ちが》いないよ」

　今回初めて知ったのだが、サラは元子爵《ししゃく》令嬢だった。ご両親が不慮《ふりょ》の事故で亡《な》くなり、子爵様と友達だった父がサラを見つけて雇《やと》ったとのこと。いつも休みも取らず私のそばについていてくれたのは、帰る場所がなかったからだった……。

「いいえ。旦那《だんな》様ってば、マイクに直接、『うちの娘《むすめ》をそう簡単にはやらんっ！』って啖呵《たんか》を切ってくださったんですよ？　亡き父の代わりだと。それにルーファス様には到底《とうてい》言えなかったから、とおっしゃってました」

　父ってば、そんな芝居《しばい》がかったことを……。

「えー！　マイク、めんどくさいなあって顔してなかった？　なんかごめんなさい」

「いえ……『お嬢《じょう》さんを私にください』と言って、頭を下げてくれました」

「……そう」

　この瞬間《しゅんかん》、元々高評価だったマイク兄さんの株が、私の中でストップ高になった。

「サラ、父が娘と呼んだなら、サラの実家はロックウェルよ。マイクと夫婦ゲンカした時は、ロックウェルに帰るんだからね？」

「……私とマイクはケンカなんてしませんわ。お嬢様とルーファス様に振《ふ》り回《まわ》されて一日が終わる予定ですもの。でも……ピア様、ありがとうございます」

「これからもずっと一緒だね！」

「はい。サラにお任せください」

姉のようなサラ、私が無鉄砲《むてっぽう》なことをすると厳しく叱《しか》ってくれるマイク、そしてトーマ執事長《しつじちょう》はじめ、穏《おだ》やかで頼《たよ》りになる皆様《みなさま》に助けられ、ルーファス様の妻として研鑽《けんさん》を積みつつ……この地で化石をバンバン掘《ほ》るのだ！

目指せ、Tレックス！

第一章　侯爵令息夫人（仮）になった私

「ピア、今日は午後から神殿《しんでん》へ参拝に行くよ」

「わかりました」

領地滞在《たいざい》中はこうして数日おきにルーファス様とスタン神殿に赴《おもむ》き、神話になぞらえた結婚《けっこん》の心構えの講話を聞いたり、具体的な式の手順の打ち合わせをしたりする。

神殿は屋敷《やしき》からルスナン山脈に向け馬車で一時間ほど走り、その後、森の中の参道を一時間ほど歩く。まだ大樹の根元には雪が残っているので、布の間に羽毛《うもう》が挟《はさ》み込んである銀色の温かなコートをルーファス様に羽織らされた。ルーファス様は緑の次に銀色がお好きなようだ。

黒の細身のコート姿のルーファス様と手を繋《つな》いで木々の芽吹《めぶ》きを喜んだり、子どもの頃《ころ》二人でかくれんぼした時のことを思い出したりしながら歩く。

「かくれんぼね。ピアは小さいから隠《かく》れてしまったら、全く見つけられなくて焦《あせ》ったよ」

「え？　いつも迎《むか》えにきてくださったじゃないですか？　私が足をくじいてうずくまっていても、ちゃんと見つけておんぶして連れ帰ってくださった」

「あれは実はズルをしていたんだ。ダガーに見つけてもらっていた。あの時は恐《おそ》ろしかったよ。ピアの顔が真っ青になっていたから」

「そうだったのですか？　ダガーはおりこうさんね」

自分の名前を聞いて私の足元に寄ってきたダガーの頭を前から後ろに撫《な》でる。

実は先日、ダガーと後ろからついてきているブラッドは引退し、護衛の役目をダガーの子であるソードとスピアに譲《ゆず》った。私が十歳の頃から守ってくれたこの子たちは、いつの間にか高齢《こうれい》になっていたのだ。というかブラッド共々結婚して、なんと子どもどころか孫までいたことに、二匹《ひき》のお母さんを自認《じにん》する私はショックで倒《たお》れそうになった。

まだまだ一緒《いっしょ》にいたい！　と思ったが、ルーファス様に言われてよく観察すれば、ダガーは後《うし》ろ脚《あし》を少し引きずっていて、ブラッドの金色の毛並みにはいつの間にか白髪《しらが》が増えていた。

「ピア、別に護衛じゃなくなるだけで、こいつらはピアが望む限り一緒にいるよ」

「もちろん望みます！　ルーファス様、お願い！」

ということで二匹は今、護衛ではなくてただの友達として一緒に散歩中だ。ちなみにソードたちは私たちが馬車を降りた途端《とたん》、森のどこかに駆《か》けていった。現役《げんえき》ってすごい。そしてソードとスピアもやんちゃでやっぱり愛らしい。

アージュベール王国の各地にある神殿はこの世界の創造神を祀《まつ》っているのだが、スタン神殿は土地柄《がら》、豊かな恵《めぐ》みを我々に授《さず》けてくれるルスナン山脈も神と崇《あが》め、長い間信仰《しんこう》を集めてきた。いわゆる山岳信仰《さんがくしんこう》だ。ということで神殿はルスナン山脈に入る登山道の入り口に鎮座《ちんざ》していて、平地に比べれば随分《ずいぶん》標高が高い。

だというのに、神殿に近づくにつれて、少し暖かくなり、積雪量が減っていく。

「ルーファス様、毎度疑問に思っているのですが、下界よりもここのほうが雪が少ないってどういうことなんでしょう？」

「私も不思議なんだ。昔から神殿付近は若干《じゃっかん》気温が高い。そしてここだけ木も大きく育たずぽっかり土地が開けているんだ。それゆえどんなに厳冬であっても、辿《たど》り着くことができる。神殿ゆえなのか？　そんな土地だからこそ神殿を建てたのか？　どこの神殿もそうなのかと思ったら、どうやらうちだけなんだ」

「卵が先か？　鶏《にわとり》が先か？　みたいな話ですね。でも神秘的です」

「神に祝福された土地なのでは？　なんて我が領地の者は皆《みな》言ってるんだ」

神殿の周りには雪は一切《いっさい》なく、タンポポやシロツメクサが咲《さ》いていた。

「時間どおりついたね。ピア、疲《つか》れてない？」

「採掘《さいくつ》で鍛《きた》えた私の脚を見損《みそこ》なわないでください」

私はわざとらしく胸を張る。

「そうだね。ちょっと残念だ。ピアが疲れたと言えば、抱《だ》き上げて歩く理由がつくのに」

「……もうっ、何言ってるんですか」

二人でおしゃべりしながら真っ白な階段を上る。神殿の入り口はゴージャスな大理石造りだ。

「うわあああ！ どうしよう！ ルーファス様、ここ！ ここも石の模様ではなくて、よく見れば化石です！」

「おいっ！ ピア待て！」

私はルーファス様の手を放して、小走りで石柱に駆け寄り、メガネをかける。

「ルーファス様っ！ 来て来てっ！ この細い矢じりみたいな模様わかります？ これベレムナイトですっ！」

「ベレ？」

「えっと、イカの友達です」

高級住宅石材である大理石は、海の生物が堆積《たいせき》してできる石灰岩《せっかいがん》の一種、つまり化石の宝箱なのだ！ そういえば前世では各地の歴史的建造物の壁材《かべざい》として使われていた大理石の中に、化石を探していたなあ、と思い出した。

「……軟体動物《なんたいどうぶつ》に友達付き合いがあるのか？」

「あ——！ ルーファス様の大好きなアンモナイト発見！ あ、アンモナイトはタコの友達ですよ？ 誤解なさらぬように」

「いや、好きじゃないし、交友関係はどうでもいい」

「だって、私のハンカチ使ってくれている……」

「それは他の男に渡《わた》すくらいなら私のものにしておきたいからだ」

「またまた～」

「ふふふ、相変わらず仲がよろしいですわねえ」

水色の神官着で頭からつま先まで包み、上品に笑うおばあさんと言うには若い女性が、スタン神殿のアシュリー神官長だ。アシュリー様を含《ふく》む神官五人と数人の使用人で、この神殿と隣接《りんせつ》するケアハウスを運営している。

「若様、若奥様《おくさま》、ようこそスタン神殿へ」


応接室に通されて、夫婦《ふうふ》の誓《ちか》いをするうえでの心構え的な教義を、交代で朗読する。これは貴族も平民も関係なく神殿で挙式する時の手順だ。

神を敬い、周囲に感謝し、いかなる苦難に見舞《みま》われようとも夫婦で力を合わせて乗《の》り越《こ》えましょう、というような話をいろんな角度から聞かされる。緊張《きんちょう》しているから眠《ねむ》くなるなんてことはないけれど、足元の床《ゆか》も大理石で……あ、この網目《あみめ》状のやつはサンゴかな？　神官長様が下がったら、床に張りついていてもいいだろうか？

ルーファス様が他の神官に呼ばれて席を立つと、神官長様が柔《やわ》らかく微笑《ほほえ》んで、

「ピア様、実はわざと若様には席を外していただきましたの。女だけで聞きたいこと、話したいこともあるでしょう？」

なんと頼《たの》もしいことだろう。思わず両手を組んで神官長様を見上げる。ならば少しだけ、弱音を吐《は》いてもいいだろうか？

「神官長様、私は……この由緒《ゆいしょ》あるスタン侯爵家《こうしゃくけ》の夫人という役割が自分に務まるか、未《いま》だに不安になります。地域に根差した由緒あるこの神殿で式を挙げることを、領民の皆様にお認めいただけるか……ルーファス様と私が不釣《ふつ》り合《あ》いなことはわかっていますもの」

神官長様は即座《そくざ》に否定も肯定《こうてい》もせず、うんうんと頷《うなず》いて聞いてくださった。

「……あのね、ピア様は幼い頃から小さな体で長旅の末、毎年ここで夏を過ごされてきたでしょう？　恐れながらその様子を私はじめ多くの民《たみ》が見守ってきました。おお、若様がついに婚約者《こんやくしゃ》を定められた。王都ばかりでなく、ここのことも知ってくれるといいなあ。ああ、今年も来てくれた、成長されたなあ。なんと手を繋いで山中に入っていかれた！　山菜摘《つ》みだろうか……と。だからピア様は既《すで》に認知《にんち》されておりますし、逆に他の女性がぽっとやってきたら、皆、どういうことだ？　と、動揺《どうよう》するでしょうね」

「そうなのですか？」

毎年、今年こそ新種の化石を発見してやる！　と崖《がけ》を削《けず》っていただけなのに……スタン領の皆様は、温かい。

「でも、避暑《ひしょ》で遊んでいた時とは責任が違《ちが》うでしょう？　お義母様《かあさま》のように夫を助けられる存在に……なれるでしょうか……」

膝《ひざ》の上に置いた手を揉《も》み絞《しぼ》りながら言い募《つの》る。

「ルーファス様のずば抜《ぬ》けた知性と言いましょうか策士っぷりは、ごく幼い頃から垣間見《かいまみ》えておりました。あれも神に授けられた才能でしょう。ルーファス様に気後《きおく》れされるピア様のお気持ちはよくわかります」

私は神妙《しんみょう》に頷いた。

「でもね。そんなルーファス様も、夫としては一年目の初心者なのです」

「ルーファス様も……初心者……？」

初心者なんて、ルーファス様に最もしっくりこない言葉だ。

「そう。そしてピア様も妻の初心者で、新米夫婦です」

「そう……なるのでしょうか」

「初心者は初心者らしく、互《たが》いによーく相談して、一緒に一つ一つ真剣《しんけん》に丁寧《ていねい》に問題を解決していけば、私はじめ領民一同、手をお貸しして、応援《おうえん》いたしますよ」

「でも、私、本当に引きこもりで社交的ではなくて……皆様の気分を害さないか不安で……」

神官長様が優《やさ》しいのをいいことに、私の弱気はＭＡＸだ。

「……ビアンカ様も、新婚《しんこん》の頃は可愛《かわい》らしい失敗をしていらっしゃいました。はたから見れば完璧《かんぺき》に見えても、当事者はそうでもないものです」

「あの、超絶《ちょうぜつ》完璧なお義母様も失敗……」

これまたちょっと想像がつかない。

「まあ、逆もしかりですわね……これほどまでにスタン領を豊かにされているのに、本人がわかっていない。若様、もう戻《もど》ってらっしゃいましたか？」

神官長様の視線を辿ると、ルーファス様が壁に寄りかかって立っていた。

「若様の夫としての最初の仕事は、領民皆がピア様を歓迎《かんげい》していることをきちんとお伝えすることですよ」

神官長様はルーファス様に歩み寄り、親しげにコツンと彼にゲンコツを落とした。

「その時々で、話して聞かせているんだけどね」

ルーファス様が壁から体を起こし、私に手を差《さ》し伸《の》べた。

「じゃあ、スタン家の先祖の墓参りをして帰ろうか」

「あ、ケアハウスの子どもたちにお土産《みやげ》を渡さないと」

「ああ、もう配ったよ。今ダガーたちとじゃれ合っている」

「仕事早っ！　ルーファス様ありがとうございます」

「どういたしまして。さあ行こう。じゃあ神官長、またね」

「はい。お待ちしています。ピア様、いつでも相談してくださいね」

私は再びルーファス様に背中からコートを掛《か》けられて、ルーファス様の肘《ひじ》に手を添《そ》えて墓所に向かった。


招待状書きが一段落したところで、ルーファス様から発掘《はっくつ》の許可が下りた。目当ての発掘スポットはまだ雪が残っているということで、これまで未開拓《みかいたく》の、レジェン川の支流の河原にやってきた。

本日の私の装《よそお》いはルーファス様の古着冬バージョン、シャツにセーターにパンツにブルゾン。なんだかこれ、ルーファス様が十代前半の時に着ていたのを見たことがあるのだけれど……しかもパンツの裾《すそ》が長すぎる！

ルーファス様は私の格好の最新バージョンだ。

「今回は山肌《やまはだ》での採掘ではないんだな」

「どこであれ化石を信じれば、おのずと道は開けるってものです。ルーファス様は渓流《けいりゅう》釣《づ》りでもしていてくださいね」

「いや突然《とつぜん》言われても、道具が……」

「大丈夫《だいじょうぶ》！　サラに準備してもらいましたから！」

私はどうだとばかりにサラに振《ふ》り向《む》いてみせた。

「サラ、釣りに詳《くわ》しいの？」

「子どもの頃、川のそばに住んでいましたので……」

サラがルーファス様に既にしかけが済んだ釣り竿《ざお》を渡した。

「ふーん。マイクと休みの日にレジェス湖に行くといい。カーザがたくさん穫《と》れるそうだから」

「まあ！　ごく一部の漁師の皆様以外は禁漁区なのでしょう？　ありがとうございます」

入れ食いの予感にサラが嬉《うれ》しそうに目を輝《かがや》かせた。カーザは前世で言えばマスだ。

「じゃあサラがルーファス様に釣りを教えてあげて。マイクが護衛してくれれば、サラが私を見張らなくても事足りるでしょ？」

「ピア様のことは私にお任せください」

マイクが律儀《りちぎ》にルーファス様に頭を下げた。

私が腰《こし》をかがめて丹念《たんねん》に川べりの大岩を観察していると、パシャっと水しぶきが上がった。何事かとそちらを向けば、ルーファス様が私の腕《うで》のサイズはある川魚を釣り上げていた。

「ルーファス様、いきなり大物なんてっ!?　お見事です！」

サラの声が興奮のために上ずる。

「へーえ。けっこうグイグイと引きが強いものだな」

ためらいなく魚の口から針を外し、バケツにポイっと投げ入れ、再び針に餌《えさ》をつけ、竿《さお》をしならせて水面に投げた。

――なんなの？　この無駄《むだ》のない熟年有段者のような動きは？　川釣りは初めてって言ってたよね？　これが攻略《こうりゃく》対象者のスペックってこと？

いや、違う。ルーファス様の優秀《ゆうしゅう》さを〈マジキャロ〉の設定という一言で済ませてはいけない。私は十歳からずっと、ルーファス様があらゆることに注意を払《はら》い、たゆまぬ努力を続けていたのを一番近くで見てきたのだ。今回の釣りもきっと、何か過去に学んだことから応用が利《き》いて、それで……。

「あ、また引いてる。合わせて……よっと！　お、また釣れた」

「………………」

ジェラシーを感じてしまうのはどうしようもないと思う。絶対に化石採掘だけはルーファス様に着手させないでおこう。でないとちょっと手ほどきしただけであっという間にTレックスの頭を見つけて、私の立《た》つ瀬《せ》がなくなりそうだ。

はあっと諦《あきら》めまじりのため息をついて足元を眺《なが》めると、濡《ぬ》れて濃《こ》いグレーになっている岩場に白い筋が走っている。

「うわあ……大きい！」

殻《から》の大きさが一メートルはありそうな厚歯二枚貝の化石だ。周りにはもっと小さなものやウニの化石がひしめいている。

「本当にスタン領は天国だわ……」

しかしこの岩盤《がんばん》の硬《かた》さ、大きさでは掘《ほ》り出せない。私は荷物置き場に引き返し、画板とメジャーを首からかけて戻って、化石と周囲をスケッチし、データを記録する。

「ピア、何か見つけたの？」

ルーファス様が私の肩越しに覗《のぞ》いていた。

「あら？　魚釣りは？」

「十匹釣ったから十分だろう」

「……そうですね。えっと、このあたりの白い点々とか、全部貝の化石です」

「ああ以前、スタン領は大昔、海だったと教えてくれたね」

「全域ではないでしょうが。おそらくこの化石生物が生きていた時代は、今よりも海面が二百メートルは高かった思われます」

「この化石から他には何が読み取れるの？」

厚歯二枚貝は礁性《しょうせい》石灰岩の主な構成要素。神殿の大理石もそうだが、スタン領は石灰石が多いと常々思っている。そういえば……。

りますを
「──この化石のある石灰石は石油貯蓄岩《ちょちく》……地下資源である油を蓄《たくわ》えている可能性があります」

私は地面を指差しながら、ルーファス様に返答する。

「つまりここから次世代エネルギーと目されている油が採掘される可能性があるの？」

ルーファス様が右眉《まゆ》をピクリと上げる。

「はい。でも現時点でこれほど硬い岩盤を掘削《くっさく》する技術はありませんし、ここがそういう場所であると、ルーファス様の子孫に書きおいておくとよろしいかと。それと以前、このエネルギーについて陛下がとても興味があるように見受けられました」

「そうか……真剣な表情をしているからまた毒鉱物絡《がら》みかと思った。ホッとした。陛下のことは私が引き受けるからピアは気にしなくていいよ。ところでピア、私の子孫ということは、ピアの産んだ子どもの子どもたちだってわかってる？」

「は、はい！」

確かにそうなる。私の子ども……まだまだ空気は冷え込んでいるのに顔に熱が集まる。

「他人事《ひとごと》じゃないからね？　でも全ての情報を私と共有しようとしてくれて嬉しいよ。それにしてもこの土地から油ね……さすがだね、我が奥さんは！」

不意に褒《ほ》められると、ますますもじもじしてしまう。

「陛下が視察になど来ないよう父にも伝えておくか……」

先日、結婚を認めていただいた時にお会いした陛下を思い出す。にこにこと笑って祝福してくださったけれど、目の下の隈《くま》が気になった。問題が一応解決したとはいえ、心労が溜《た》まっているのだろう。

しかし、愛息フィリップ殿下《でんか》が元気になれば、陛下も一気に顔色がよくなるはずだ。

「皆様、順調に回復にしているでしょうか？」

ルーファス様は即座に私が話題にする相手を悟《さと》ってくれた。

「しているだろう？　ピアがあれだけ懸命《けんめい》になって毒成分を突《つ》き止めて、我が国のその道のトップである医療《いりょう》師団長と学長が薬を作り上げたのだ。ヘンリーは既に通常の騎士団《きしだん》の業務や訓練についていているらしい。他の三人もやがて日常に戻るさ」

「そうですよね！」

「さあピア、魚が焼けたよ！」

ふとルーファス様の後ろを見ると、河原に火が上がり、香《こう》ばしい匂《にお》いが漂《ただよ》っていた。

「え？　いつの間にお魚捌《さば》いてました？　ここにあるのは採掘セットと釣りセットだけで、調理道具なんて持ってきてないですよね？」

「ナイフがあればなんとでもなるだろう？」

そうだった。私の旦那《だんな》様は超人《ちょうじん》だった……。私は肩《かた》をすくめて敷物《しきもの》を敷《し》いた休憩《きゅうけい》場所に戻ろうとした。

「きゃー！」

一歩足を踏《ふ》み出した途端、濡れた岩苔《いわごけ》でツルっとすべった。なぜ私はこんなに残念な仕様なのだろう？　やはりシルエットモブ悪役令嬢《れいじょう》だからなの？　と思いながら空を仰《あお》ぎ、背中から落ちていく――

「おっと！」

ルーファス様の長い腕が私を捕《つか》まえ引き寄せた。

「ピア、大丈夫？」

「びっくり……しました。ありがとうございます」

凍《こお》るように冷たい小川の水でびっしょり濡れて、風邪《かぜ》をひくところだった。

「やっぱり……よいしょ」

「ル、ルーファス様？」

ルーファス様の右腕で、私は子どものように抱き上げられてしまった。思わず彼の首に両腕を回す。

「それでいい。一緒にいる時くらい頼《たよ》ってよ？」

「は……はい」

ルーファス様は左手でバランスを取りながら、岩をトントンとジャンプする。ルーファス様の邪魔《じゃま》にならない程度にしがみつくと、いつもの爽《さわ》やかな柑橘《かんきつ》系の匂いに包まれる。

私の大好きな香り。

「ん？」

　ということは、私の匂いもルーファス様に伝わっているのでは？　と恐ろしいことに思い当たりながら岸に戻った。

「ルーファス様、ひょっとして私、汗臭《あせくさ》いのでは？　ごめんなさい！」

「こんなに寒いのに、汗なんかかかないだろう？」

　ルーファス様は怪訝《けげん》そうな顔でそう言うと、そのまま私の首筋に顔を埋《うず》めた。

「うそっ！」

　思わず右手でルーファス様を押しのけようとすると、彼はいい笑顔《えがお》のまま頭を起こした。

「うん。ピアはいつもどおり甘い香りしかしないね」

　……毎日ちょこちょこお菓子《かし》をつまみ食いしていたのがバレてるっ！　もはや何一つルーファス様には隠し事ができない。

「ど、どうぞ、ルーファス様」

　私がポケットからキャンディを取り出して、ルーファス様の口元に差し出すと、彼は一《いっ》瞬《しゅん》目を見開いたあと少し頰《ほお》を染めて、私の指からパクリとそれを食べた。

「そういうつもりではなかったが……まあいい。これもピアと同じくらい甘い。ピアに食べさせてもらうのは随分久しぶりだね……ピアにはずっとこのままでいてほしいから、強い香水《こうすい》はつけないでね」

「よくわかりませんが、研究者に香水は厳禁です」

化石ハンターであれ、嗅覚《きゆうかく》は大事なのだ。がけ崩《くず》れなどの前兆も、匂いが最初だと言われている。

「そう？　よかった。こうしたプライベートの時間は特に、ありのままのピアがいい」

「えっと、じゃあ、もう一ついかがですか？」

「ううん。せっかくだから魚を食べよう？」

すぐそばで話すルーファスの吐息《といき》から、私と同じ苺《いちご》の香りがする。

釣りたてで焼きたての魚を、サラとマイクも加え焚火《たきび》を囲んでワイワイと食べる。ダガーたちも走ってやってきた。魚は間違《まちが》いなく新鮮《しんせん》で、早春の景色と岩場の化石群と共に、最高に贅沢《ぜいたく》なひとときとなった。


私たちのスタン神殿での結婚式は、筆頭侯爵家の婚礼《こんれい》としては異例のこじんまりとしたものになる予定だ。理由は王都から遠いことと、参列者を広げるときりがないからだ。ゆえに親族とごく親しい内輪で、ということになる。

領内の有力者には個別にその土地を訪ねて挨拶《あいさつ》し顔を繋げていく予定で、王都の貴族相手には、次回の王家主催《しゅさい》の晩餐《ばんさん》会に義両親にくっついて参加すれば認知されるとのこと。こちらから挨拶に行くのは王家だけでいいらしい。

ロックウェル家の参列者は私の家族とわりと近い親族、そして先日招待状を送ったエリンとアメリア様とカイルで終了《しゅうりょう》。清々《すがすが》しいほどに友達が少ない私です。

エリンはアカデミーを卒業後、父親であるホワイト侯爵の下で領地の農産物の販路開拓《はんろかいたく》に心血を注いでいる。そんな忙《いそが》しい日々が垣間見えるようなせわしない字で、「当然参列させていただきます」と書いてある、水仙《すいせん》模様で縁取《ふちど》りされた美しい便せんを受け取った。

「これは、モーガン商店の今春のラインナップだね」

ソファーで隣《とな》り合って同じく参列者名簿《めいぼづく》作りをしていたルーファス様が、私の手元を覗き込みそう言った。

「モーガンさんにルーファス様が指示したのでしょう？」

「私はピアのアイデアを伝え、資金提供をしただけだ。ひょっとしたら母かもしれない。この時期、母の庭は水仙がいっぱいだからね」

昨年、ルーファス様のお誕生日プレゼントの際にお世話になった王都の文具屋モーガン商店は、いつの間にか入り口にスタン侯爵家の黒鷲《くろわし》の紋章《もんしょう》がかかっていた。スタン侯爵家の御用達《ごようたし》がパティスリー・フジと合わせて一気に二件も増えるのは約二十年ぶりとのことで、王都でちょっとした騒《さわ》ぎになったらしい。

「女性とは実用性だけでなく、装飾性《そうしょく》にも現金を出すものなのだな……まあ華美《かび》なドレスが売れるのだから言われてみればそうだけれど……ピアに『可愛いレターセットが欲《ほ》しい』と言われた時はピンとこなかったが」

そう、ルーファス様がお忙しくて会えない時のやりとりにと、二人でモーガン商店にレターセットを買いに行って、ふとそう漏《も》らしたばかりに商品化されてしまった。決しておねだりしたのではない。ちなみにお値段は無地のものの倍だ。

「若い女性に流行《はや》っているそうだよ。それに、図案や色付けはスタン領の冬の間の内職になった。力仕事のできない領民の職に繋がっている」

「そ、そんな責任重大な！　客もやがて飽《あ》きるかもしれませんよ？」

「飽きないように季節ごとに花の種類を変えているだろう？　エリンの果物の時に学んだ希少性ってやつだ。利益のピアの取り分は、侯爵家の分とは別に管理しているからね」

「私の取り分なんて！　こんなに芸術的な縁取りを描《えが》いてくださっている皆様に差し上げてください……お小遣《こづか》い程度でしょうが」

おかげさまで私には国外追放に備えてコツコツ貯《た》めたお金がある。ルーファス様と結婚した今、まとまったお金を使う予定はなく、使うチャンスもなさそうだ。

「全くお小遣い程度ではないけれど、ピアがそう言うのなら。もとより金銭面で不自由させるつもりはないし──その結果領民のピアへの忠誠度が上がるならば安いものか」

ルーファス様のひとり言は続いているけれど、白と水色のストライプの荷物が見えたので嬉々《きき》としてそれを手に取り開けてみる。やはりカイルの返事がパティスリー・ソジの焼き菓子と一緒に入っていた。

「カイルは出欠の返事の前にルーファス様にご相談したいことがあるそうです。もしこちらに来ることになったら挙式の二日前から滞在したいそうですが、よろしいですか？」

「相談？　なんだろう。早めの滞在は披露宴《ひろうえん》のスイーツを彼に依頼《いらい》したからだろう。卒業パーティーのテーブルの華《はな》やかさは見事だったからね」

「では相談の件はルーファス様宛《あ》てに書くように伝えますね。あ、これは……」

無地ではあるが一目で上質であるとわかるアイボリーの封筒《ふうとう》に、重厚《じゅうこう》なキース侯爵家の封蝋《ふうろう》、アメリア様だ。ペーパーナイフで中を開く。

アイボリーの便せんにはアメリア様の麗《うるわ》しのお人柄《ひとがら》を表すような美しい文字で、挙式に欠席という結論が真っ先に書かれていた。

『ピア様、ルーファス様とのご結婚お祝い申し上げます。是非《ぜひ》友人としてスタン神殿でのお二人の挙式に参列したかったのですが、ここだけの話、フィリップ殿下の体調が未だ思わしくないの。とてもエドワード王太子殿下と共に王都を離《はな》れられる状況《じょうきょう》ではないのよ。そして、ピア様にだから包み隠さずお伝えするけれど、私もまだお祝い事に参列する気持ちにはなれなくて。お二人のご結婚には大賛成なのよ？　信じてちょうだい』

「なんてこと……そんな、どうして？」

便せんをテーブルに置き、右手で口元を覆《おお》う。

「ピア、どうした？　なんと書いてあったの？　見せてもらってもいい？」

私が小さく頷くと、彼は便せんを自分のほうに引き寄せた。途端に眉間《みけん》に皺《しわ》を寄せる。

「……フィル、なぜだ。マイク！」

「はい」

気配を消していたマイクが一歩前に出る。

「フィリップ殿下とガイ・ニコルソン侯爵実弟《じってい》、そしてジェレミーの回復状況を探《さぐ》らせてくれ」

この三人が〈マジキャロ〉の攻略対象者で、鉱物毒入りの〈虹色《にじいろ》のクッキー〉による中毒症状《ちゅうどくしょうじょう》を現在も治療《ちりょう》中だ。もう一人のヘンリー様は、ほぼ社会復帰している。

「かしこまりました」

マイクが指示を出すために部屋を出た。

「私てっきり……皆様ヘンリー様と同じくらい回復しているものだと思い込んで、参列のお誘《さそ》いをしてしまいました。気が利かないことをしてしまってアメリア様に申し訳ない……でも、殿下は特に手厚い治療を受けているはずですよね。ただの医療師ではなくて団長自ら治療にあたられているのでは？」

「うん。王族に触《ふ》れることのできる医療師など団長、副団長くらいだろう。解毒《げどく》薬の製薬に携《たずさ》わったラグナ学長も、殿下は教え子ということもあり気にかけてくれているに違いないんだが……」

医療師団長にラグナ学長という最強タッグがついているのにどうして？

そして数日後、フィリップ殿下ご本人からルーファス様宛てに招待状の返事が届いた。

「フィル……」

ルーファス様はばさりと手紙をテーブルに放り投げ、両手で顔を覆った。表情は見えないけれど、常に冷静沈着《ちんちゃく》なルーファス様のその様子に驚《おどろ》いて、彼の隣《となり》に座り体を倒してその手紙を覗き込んだ。

手紙の文字は震《ふる》えからなのか……言葉は悪いがミミズの這《は》ったような有り様だった。繰《く》り返《かえ》し目を走らせれば、『まだ体力が回復せず、医療師団から旅行の許可が下りない。特製の生薬を中断するわけにはいかない。そのために結婚式への参列は辞退する』というようなことがようやく読み取れた。

「ピアは私の字をとても気に入って褒めてくれるだろう？　フィリップ殿下はね、私などよりももっと達筆なんだ。なんてったって王の文字は歴史として後世に残るからね。英才教育が施《ほどこ》されているんだよ。まあ、もう王になることはないが……」

「そうなのですね……あら？」

便せんが二枚綺麗《きれい》に重なっていた。私はルーファス様に頷いて、一枚目の手紙をめくった。二枚目の下部には、美しい女性の字がサラリとした風情《ふぜい》で書かれていた。

『ご結婚おめでとう。この状況下で慶事《けいじ》だなんて羨《うらや》ましいこと』

明らかに嫌味《いやみ》だ。フィリップ殿下が病《やまい》に臥《ふ》せっているのに、華やかな結婚式を催《もよお》すとは、なんと身《み》の程《ほど》知らずな！　ということだ。

「ルーファス様……」

ルーファス様は私から便せんを受け取り一読し、表情を凍らせた。

「……王妃《おうひ》殿下だね」

思わず息を呑《の》む。

「私たち、王妃様に無礼を働いたことになるのでしょうか？」

「いや、我々の結婚は陛下の願いを汲《く》んで一年延期したのちに認められたものだ。なんの問題もない。私としては国で重責を担《にな》う我がスタン家に対して、このような幼稚《ようち》な真似《まね》をする王妃殿下のお考えが理解できないね」

「でも、知らなかったとはいえ、病気の息子《むすこ》に結婚式の案内状を送ってきた相手に、文句の一つも言いたくなる気持ちはわからなくもないです」

「普通《ふつう》の母親ならばそれでいいし、宮殿《きゅうでん》の限られた身内の中でその想《おも》いをさらけ出すのは許される。しかし、外部にこうもはっきり発信してしまってはダメだ。王妃殿下は国母だ。つまり、私もピアも王妃殿下の子どもの一人なんだよ。子どもである国民の慶事を喜ぶことができない、それを表に出してしまうなんてかなり問題だ」

「陛下とお義父様《とうさま》、お義母様はアカデミーでのご友人なのでしょう？　その延長で、つい気を許してしまったのでは？」

王妃殿下は慶事の際、バルコニーから手を振る姿を遠目にしか見たことがない。そもそも私ごときが国王陛下と顔なじみなこと自体がおかしいのだ。

「王妃殿下はポッジオ王国から輿入《こしい》れしてきた。蝶《ちょう》よ花よと育てられた美しい末姫《すえひめ》で、自分の思うままに行動する。周囲への影響《えいきょう》など考えないし、この国の貴族の、臣下の使い方を何年経《た》っても理解されない。母が陛下に頼まれて、しばらくそばに付き添ったが、反りが合わなかったみたいで長続きしなかった。トーマ、これ、父の書斎《しょさい》に回してくれ」

私たちのそばで控《ひか》えていた、いつも穏《おだ》やかな執事長トーマさんも、気難しい顔をしてそれを受け取った。どうやら王妃殿下はスタン家にとっては絡みづらいタイプの方らしい。それでも面白《おもしろ》くないと言う王妃殿下の気持ちは人としてわかる。

ふと、アカデミーに入学したばかりの時、お義母様を通じて王宮でのお茶会に誘われたけれど断ったことを思い出した。そういうこと込みで、王妃殿下は私たちによい印象を持たれていないのかもしれない。

誰《だれ》にも見つからないように小さなため息をついた。

俯《うつむ》いていた私の視線に、ルーファス様の長い指が入り込む。彼は前に落ちた私の髪《かみ》を耳にかけながら、私を覗き込んだ。

「ピア、挙式前に一度王都に戻ろうか？ このままではすっきりした気持ちで神に誓うことができないだろう？ 一度きりの結婚式、ピアに一分の憂《うれ》いもあってほしくない。それに私も殿下の様子が気になる。マイクに調べさせているが大した情報は得られていないし」

「でも、もう日取りも決まって……」

私はトーマさんやサラをキョロキョロと見渡《みわた》し、反応を探る。

「まだ十分に時間のゆとりはあるし、しょせん招待客はほとんど身内だ。仮に日程が変更《へんこう》になったところでどうにでもなる。トーマ、残りの準備や手配は任せていいかい？」

「承知いたしました」

トーマさんが洗練された所作で頭を下げる。

「ルーファス様……」

「ピアが私のものであると国中に全力で知らしめるには、フィリップ殿下とアメリア嬢《じょう》とエドワード王太子殿下が参列してくれるにこしたことはないのさ」

ルーファス様が重くなった空気を吹《ふ》き飛《と》ばすべく冗談《じょうだん》めかして言って、ウインクした。

「さあさあ皆様、では王都に戻る準備で忙しくなる前に、執事長《しつじ》のお茶とカイルからいただいたお菓子でも食べましょう！」

「ふっ、そうだな、サラ」

ルーファス様が手早くテーブルの上を片付けた。

「ありがとうサラ。ではトーマさんもサラも一緒にいただきましょう？」

「ピア様、トーマと呼び捨てにと何度もお願いしましたでしょう？　では私もお相伴《しょうばん》に。

パティスリー・フジのお菓子には目がないのです」

四人分のお茶のセットが揃《そろ》うと、皆一斉《いっせい》にカイルのお菓子に手を伸ばし、口に入れる。

「まあっ！　このチョコレート、舌の上で溶《と》けてしまいます！」

「ふむ、このマドレーヌも甘すぎずちょうどいい塩梅《あんばい》……」

「ルーファス様、ありがとうございます」

王都から遠いスタン領に、手紙だけでなく私の好きなカイルのお菓子も運んでくれることも、私への思いやりに満ちた気づかいも、何もかもひっくるめてお礼を言う。

「どういたしまして」

ルーファス様は私の頬にチュッとキスをした。

第二章 引き続きのアカデミー生活

スタン領から戻《もど》ると、木々の葉の間から小さなピンクの花が覗《のぞ》き、私の研究室の窓から見える王都は季節が一歩先に進み、すっかり春めいていた。

私はエリンや同級生たちがこの王立アカデミーを卒業した今も、結局馴染《なじ》みの研究室に居座《いすわ》っている。

スタン領にて次期領主夫人としてトーマさんの下《もと》、一人前になるべく研鑽《けんさん》を積もう――合間に化石をモリモリ採掘《さいくつ》しよう――と思っていたのだが、ラグナ学長が「アカデミーに帰属する研究者ということでこのまま在籍《ざいせき》してはどうか？」と勧《すす》めてくれたのだ。

「ピアちゃん、研究するのは慣れた環境《かんきょう》のほうが捗《はかど》る。わしもアドバイスできるし足りぬ機材はすぐに手配してあげられる。それに、プライベートと仕事の場はきちんと分けたほうがいい仕事ができる」

「そうなのですか？」

「そしてルーファス、この研究室はいつの間にかお前さんがあちこち防犯のために手を入れているんじゃろ？　そもそもアカデミーは警備万全《ばんぜん》。ここほどピアちゃんを守りやすい環境はないと思うが？　お前とて、自分が王都で仕事中にピアちゃんが領地にいてはおちおち眠《ねむ》れもせんだろう？」

「まあ……確かに」

というようなやりとりののち、過保護なルーファス様が正式にかなりの枚数の小難しい書面を交《か》わしてくれて、私はこれまでとさほど変わらない生活を再度手に入れた。それになんと、お給料も出るのだ！

この象牙《ぞうげ》の塔《とう》に研究室を構えるには、一般的《いっぱんてき》に学会で最低でも年一回論文を発表するか、アカデミーの授業を受け持ち、学生を指導することが条件だ。両方クリアすると早期に教授などの肩書きが貰え、給料もアップする。

私のこの弱気で人見知りな性格では学生指導は無理だし、侯爵家《こうしゃくけ》の人間としての役割も徐々《じょじょ》に増えるだろう。ゆえにひたすら論文を発表して、この研究室にできるだけ長い間しがみつこうと思っている。論文の提出だけでなく、他の先生方を招いての講堂でのプレゼンも義務であることが、今から胃が痛いけれど……。

ちなみに同じく研究畑を歩む父と兄は、アカデミーの名簿《めいぼ》に名前は残しつつ（名誉《めいよ》会員的な扱《あつか》いになる）、父は国立農業研究所に、兄は軍に籍《せき》を置いている。二人は領主としての仕事もあるので、それぞれ融通《ゆうづう》の利《き》く職場を選んだ結果らしい。

「マイク、当面ここにいてもいいらしいから、マイクの荷物も置いていていいよ。そこの新しい棚《たな》はマイクが適当に使ってね」

相変わらず私の護衛を務めてくれるマイク。マイクのことを考えると、王都にしろ領地にしろ屋敷《やしき》に籠《こも》っているほうが警備しやすいだろうに、申し訳ない。

「ピア様が溌剌《はつらつ》と研究することこそ、私を含《ふく》めた領民皆の願いです。じゃんじゃん働いて、よその奥方《おくがた》との違《ちが》いを見せつけてください」

「そうなの？　まあ確かによそのご婦人やご令嬢《れいじょう》とは違うって自覚はあるけれど」

とうとう私の化石バカっぷりは領地全域に広まっているのか……。ならばもう、開き直って素のままの私で我慢《がまん》してもらうしかない。

「はあ……『ここにいてもいいらしい』だなんて……ピア様を手放さないのは国とアカデミーのほうだというのに。一体何件の国内外の研究機関からの招待があったことか。宰《さい》相《しょう》閣下とルーファス様が全て精査し、怪《あや》しいものは組織ごと潰《つぶ》したが……ピア様がこの学閥《がくばつ》であると名乗るだけで、アカデミーに箔《はく》がつき、面目《めんぼく》が保たれるというのに……」

「マイクなあに～？　棚が足りないの～？」

「いえ、ピア様。表札をピア・ロックウェル博士からピア・スタン博士に変えるべきだと思いますが？」

マイクの提案に胸がドキドキと鳴りだした。

「えっ！　きょ、挙式終わってからでいいんじゃないかな？　なんか恥《は》ずかしい。それに浮《う》かれて見えない？」

「いえ、命が惜《お》しくば早急《さっきゅう》に変えるべきです。制服が汚《よご》れてもいけませんし、私にお任せいただけますか？」

「じゃ、じゃあよろしく？」

マイクがどこからか木札を持ってきて、私の名前を彫《ほ》り始めた。マイクってば万能《ばんのう》……。

そういえば研究者の服装は自由だが、私は相も変わらず制服姿である。制服のほうが他の学生と見分けがつかないからだ。木を隠《かく》すには森の中、の発想らしい。

「ピア様、そろそろお約束の時間です。アレは持ちましたか？」

「はあ……持ったよ」

研究室のある殺風景な四階から二階に下りると、絵画や胸像の飾《かざ》ってある華《はな》やかな空間になる。ここはこのアカデミー研究棟《とう》のトップ集団のいるフロアだ。

マイクと共にふかふかの絨毯《じゅうたん》を歩き、一番奥に辿《たど》り着《つ》いた。そこで私はため息をつき、ポケットからアレ――かつてジョニーおじさんが持っていたレッドカードを取り出して、扉《とびら》にある隙間《すきま》に差し込むと、ガチャリと音が鳴って開錠《かいじょう》した。重い木の扉をマイクが私の頭越《ご》しに押し開けてくれた。

「おう、ピアちゃん！　時間どおりじゃの！」

もちろんここはアカデミー学長、ラグナ様の部屋だ。

「学長……こうやって待ち構えてくれているなら、ノックしたら開けてもらうでいいと思います。レッドカードはお返しします」

レッドカードは学生の個人情報の詰《つ》まった学長室から、その奥の金庫室までどんな扉も開けてしまうマスターカードだ。こんなものを持たされるなんて恐怖《きょうふ》しか感じない。

「まあ我慢しなさい。不正防止の観点からレッドカード保持者は陛下とわしの二人から、学術分野序列五位まで加えると理事会が決定したんじゃ。わしがうっかり悪いことをしたらピアちゃんが止めておくれ」

聞き捨てならないことが耳に飛び込んできた！

「ちょ、ちょっと待ってください！　私は立太子の儀《ぎ》限定の暫定《ざんてい》五位でしたよね？」

「いや？　昨今の活躍《かつやく》から正式に五位に認定《にんてい》されたぞ？」

「うそでしょー！」

はしたなくも、絶叫《ぜっきょう》する私。

「まあ、そんなピアちゃんだから持たせておいて安心というか、ピアちゃんから盗《ぬす》むバカはおるまいと皆安心しているというか……そんなに不安ならば、そこの護衛に持っておいてもらえばどうだ？」

「その手がありましたね。マイク、はいどうぞ」

「……ルーファス様にご相談しましょうね」

マイクが受け取ってくれなかったので、私はしぶしぶカードをポケットに戻し、カイルの最新作、前世風に言えば、フロランタンをお皿に盛りつける。学長はとっても甘党《あまとう》なのだ、と思うそばから、紅茶に砂糖をざらざら入れている……。

「ピアちゃん、お砂糖はいくつじゃ？」

「……いりません。学長、本日はちょっと人に聞かれたくないご相談がありまして、あえてこちらに伺《うかが》いました」

私が学長の向かいに腰《こし》かけながらそう言うと、学長がフロランタンに目をくぎづけにしたまま頷《うなず》いた。

「フィリップ第一王子殿下《でんか》なのですが、まだ床《とこ》から起き上がれないような状況《じょうきょう》で、それゆえに私どもの結婚式《けっこんしき》には欠席するというお手紙を貰《もら》いまして。学長は何かご存じでしょうか？　春先の卒業式では、殿下も回復に向かっていると聞いていましたので」

学長の表情がみるみるうちに険呑《けんのん》なものになった。

「……なんじゃと？　そんなはずはない。わしが〈マジックパウダー〉の解毒剤《げどくざい》を作り、献上《けんじょう》してから三カ月は経《た》っておる。ネズミやヘンリーから採取したデータを鑑《かんが》みれば二週間で起き上がることができるようになり、今頃《いまごろ》はほぼ日常生活に戻っていていいはずじゃ」

「でも、実際いただいたお手紙の字は震《ふる》えていて……ルーファス様も口には出しませんがとても心配しています」

「ふむ、ちょっと待て」

学長はやおら立ち上がり、重厚《じゅうこう》なデスクの上の黒い帳簿《ちょうぼ》をパラパラとめくった。

「同じく毒被害者《ひがいしゃ》の、ガイ講師もジェレミーも体調を見ながらではあるが、もう授業に出ておるぞ？」

「え……お二人ともそのように回復を？　ではフィリップ殿下だけ？」

「そうなるのお……よっこらしょ」

学長は再び私の正面のソファーに座り、ティーカップの中をスプーンでくるくるとかき混ぜながら、自分の世界に入り、思案する。

「なぜじゃ……わしの処方箋《しょほうせん》を再現できなかったか？　いや王宮務めの医療師《いりょうし》は団長を筆頭に精鋭揃《せいえいぞろ》い。ジェレミーたちとの治り具合の差はどういうことじゃ？」

「失礼ですが、学長はフィリップ殿下の診察《しんさつ》やお見舞《みま》いをしたことはあるのですか？」

マイクが後ろから口を挟《はさ》む。マイクは私よりも毒の知識に長《た》けている。一緒《いっしょ》にいてくれて心強い。

「いや、さっきも言ったように処方箋を渡《わた》したあとは、治療《ちりょう》は医療師団任せじゃ。わしは学者じゃからな。口出ししすぎると関係を悪くする。もちろん見舞いの要請《ようせい》は何度かしたのだが、もうちょっと良くなってから、という曖昧《あいまい》な文句で断られてばかり。卒業証書を直《じか》に渡してやりたかっただけなんじゃが……」

学長も、フィリップ殿下と会えない状況らしい。

「何か……ジェレミー様たちと違う毒も、ひょっとして口にされたのでしょうか？」

「クッキーを作ったのは素人《しろうと》のキャロラインだ。二種類以上の毒を混ぜ込むなど……どうじゃ？」

学長がマイクに視線を流す。

「毒の専門家でもなく、菓子の専門家でもない彼女には難しいでしょう」

クッキーに二種類の毒なんて話は〈マジキャロ〉ベータ版を知るカイルも言ってなかった。カイルがクッキーに関する情報を見落としているとは思えない。ならば本命の殿下にだけとっておきの……別の毒入り菓子、〈マジックスイーツ〉を準備していたとか？

「ええと……専門家のカイルに時間を作ってもらって、一応聞いてみます」

私の提案に学長が頷く。

「それにしても体調が本当に悪いのならば、治療にあたっている医療師団から学長に相談があってもよさそうなものですよね」

散々解毒剤作成でお世話になった学長に会わせないなんて、それほど病状が悪いのか？それとも何か後ろめたいことでもあるの？

「医療師団のメンツ、ですかね？」

マイクがボソッと口にした。

「殿下の命がかかっているのにか？　くだらぬ。とりあえず、今度は余計な人間は挟まず、殿下に会いたいと陛下に直訴《じきそ》しよう」

直接国王陛下に願い出られるのであれば、それが一番確実だ。

「お会いできたならば、是非私たちにも様子を教えてくださいね」

学長が頷いて、ケーキ皿を手にしたことで、この話はおしまいになった。

「ところでピアちゃん。わしはその、フィリップ殿下に出したという結婚式の手紙を受け取ってないのじゃが？」

「え？　参列してくださるのですか？」

思わずお菓子を刺したフォークが止まる。教え子が星の数ほどいる学長にとっては結婚式の招待なんて飽《あ》き飽《さ》きで、迷惑《めいわく》だろうと勝手に想像していたのだが。

「当たり前じゃ。わしはピアちゃんの上司！　組織のトップじゃ！　わしが祝辞を言わずして誰《だれ》が言うんじゃ？」

「でも、スタン領は遠いですよ？」

「年寄り扱いするでない！　ゆっくり赴《おもむ》くから案ずるな！」

「で、では、是非私どもの門出《かどで》に立ち会ってくださいませ？　のちほど正式な書面でご案内いたします」

マイクとチラチラ目配せしながら、とりあえずお誘《さそ》いする。

「よしきたあ！　ふふ、これでグリーのやつに自慢《じまん》できるわい」

学長はなぜか自身と名コンビの建築学教授の名を挙げて、満足そうにざらざらと砂糖の音が聞こえてきそうなお茶をごくっと飲んだ。


私たちの新居は、アカデミーから馬車で三十分ほどの一般的な住宅街にある。王宮の周囲の一等地にあるスタン邸《てい》よりも、王都の端《はし》のロックウェル邸に近い。自分の留守中は気楽に里帰りできるようにとの、ルーファス様のお心遣《こころづか》いだ。

建物自体は古いものだけれど、室内の設備はルーファス様が全て新しいものに入《い》れ替《か》えていて、とても快適だ。間取りは一階が書斎《しょさい》、応接室、リビング、食堂、キッチン、使用人部屋。二階が私たちの私室と客間。

庭は侯爵邸や領地の本邸《ほんてい》に比べればずっとコンパクトだけれど、侯爵邸の庭師が出張してくれて、常にたくさんの可愛《かわい》い花たちに囲まれている。その四季折々の花を、ルーファス様が一輪、毎朝必ず自ら摘《つ》んで届けてくれる。

「おはよう、ピア」

「おはようございます。ルーファス様」

今朝は白のラナンキュラスだ。

「このお花、ピンクしか見たことなかったです。白は清潔で爽《さわ》やかですね。ありがとうございます」

「お礼は言葉よりもキスがいいんだけど？」

「ひゃんっ！」

お花を両手で握《にぎ》りしめながら、差し出された頰《ほお》にえいっとキスするまでがルーティンだ。寝顔《ねがお》を見られるのも寝言を聞かれるのも、とっくの昔に諦《あきら》めました。

この家を切り盛りしてくれるのは、王都のスタン邸から立候補して来てくれた、執事《しつじ》になりたてで若くやる気満々のチャーリーと、お義母《かあ》様《さま》の敏腕《びんわん》侍女《じじょ》メアリ。そしてマイクとサラ。他の使用人は通いだ。

ルーファス様は王都に戻るや否《いな》や、休んでいた分の宰相補佐の仕事に忙殺《ぼうさつ》されている。今夜も遅《おそ》くなると連絡《れんらく》があったので、夕食はサンドイッチを作ってもらい、自室で急ぎの書類を読みながら食べた。かなりお行儀《ぎょうぎ》の悪いことだけれど、ここに住む間——ルーファス様が爵位《しゃくい》を継《つ》ぐまでの限定とわかっているので、皆、大目に見てくれる。

手元にあるものは、留守中に届いていた、地質調査ギルドが作成した調査資料だ。

私が技術指導してお義父《とう》様《さま》が組織したギルドには、スタン領かロックウェル領の民《たみ》で、かつ訓練を受けて私が合格を出した者が所属している。現在三グループが依頼《いらい》を受けて国中を忙《いそが》しく走り回っており、もう一グループが見習い期間中だ。

彼らが作ったものは最後に私の手元に回ってきて、問題がなければ私の判――黒鷲《わし》とルーファス様の筆跡《ひっせき》によるPの文字――を捺《お》して出来上がり。依頼主のもとに送られる。

正直なところ、化石関係以外の地図は見たくない。その場所の秘密を知りたくもないのに知らされているのと同じだ。でも、ここの地形はやっかいだな……。今回の調査には関係ないけれど、がけ崩《くず》れの危険性を別紙に書いて挟み込む。こういう時に付箋《ふせん》があれば便利だよね……モーガン商店に相談してみようか……。

窓の外から蹄《ひづめ》の音が聞こえてきた。時計を見るともうすぐ日付が変わりそうだ。

階下が慌《あわ》ただしくなり、二、三会話が聞こえたあと、階段を上る足音、そして、チャーリーの静かなノックのあとにドアが開いた。

「ピア、ただいま。チャーリー、明日はいつもどおりだ。下がっていい。おやすみ」

「お帰りなさい。ルーファス様」

いそいそと駆《か》け寄《よ》ると、チャーリーがドアを閉めると同時にルーファス様が私を抱《だ》き寄せ、流れるように左手を取り、指輪の上にキスを落とす。

「それ、ギルドの精査か？　こんな時間まで働きすぎだろう」

「ルーファス様に言われたくありません。それよりもやっぱり私、玄関《げんかん》でお迎《むか》えしたいのですが。せっかく結婚したんですもの」

「早い時間ならもちろん嬉《うれ》しいが、入浴して寝間着になったら部屋から出たらダメだ。私も汗《あせ》を流して着替《きが》えてくるよ」

資料を丁寧《ていねい》に順番に揃えて、ギルド行きの箱に戻していると、ルーファス様が髪《かみ》を拭《ふ》きながら戻ってきた。

「何か召し上がりますか？」

「いやいい。それより学長はなんと言っていた？」

ルーファス様がソファーに座り、隣《となり》の座面をポンポンと叩《たた》く。私はいそいそとそこに落ち着いた。

私は学長に聞いたことをできるだけ詳細《しょうさい》に伝える。ルーファス様は私には要点をまとめて伝えることを望まない。『些細なこと』の判断基準が私とルーファス様では違うらしいのだ。

「学長も殿下の状態を知らなかったのか。私も今日面会に行ったが、例外は認められないと追い返されたよ。長いことずっと共に働いてきたのに」

ルーファス様すら会えないとは。スタン侯爵家嫡男《ちゃくなん》で宰相補佐という立場であるばかりか、ずっと殿下を陰《かげ》ながらサポートしてきた……アメリア様の言葉を借りれば幼馴染《おさななじ》みだというのに。

「なんだか……よほど重症《じゅうしょう》なのかとますます不安になりますね」

「エドワード王太子殿下に時間を取ってもらって少し話してきたのだが、フィルは意識はあり、肩《かた》を借りれば自力で手洗いくらいは行けるそうだ。興奮症状《しょうじょう》などは既《すで》にないけれどとにかく衰弱《すいじゃく》している。エドワード殿下の見立てでは十キロは痩《や》せたんじゃないかと」

「そんなに？　ヘンリー様も少しやつれたけれど……体重が落ちてしまったら治るものも治らない……」

「王妃《おうひ》殿下は当然ながらご立腹だそうだ。自分が全くチェックしていなかったキャロラインのせいでこのような目に遭《あ》ったので、周囲を異常に警戒《けいかい》し、フィルのそばには王妃殿下に近しい者と医療師団長くらいしか近寄らせないんだと。残念ながらスタン家は全員王妃殿下の覚えがめでたくないからねえ」

　先日のフィリップ殿下からの手紙にあった王妃殿下の走り書きを思い出し、がっくりしながら小さく頷いた。

「エドワード殿下もとても心配しているが、王妃殿下に『兄のことは私に任せて、あなたは王太子としての務めを立派に果たしなさい』と言われれば、未熟ゆえに仕事に戻るほかない、と肩を落としていらした」

　兄弟殿下方は二つしか歳《とし》が離《はな》れていない。憧《あこが》れの兄のやつれた姿を見てさぞや心配していることだろう。きっと、アメリア様と共に。

「陛下はどのようなご様子なのでしょうか？」

「陛下は今、非公式に友好国を順に訪ねている。メリークに対しての制裁について話し合うために。父によると、相当ピリピリしているらしい。陛下にしてみれば何もかもメリークのせいだからね」

父親としてフィリップ殿下のそばを離れたくないだろうに、国政を優先しなければいけない立場の心の苦しみはいかばかりだろう。

「陛下はこれまで月に一度は研究室に顔を出してくれたのです。稀覯本《きこうぼん》やお菓子を手土産《てみやげ》に。それがあの婚姻《こんいん》の日以来お会いしていない……今度お見えになったら……」

「ピア」

珍《めずら》しく、ルーファス様が私の言葉を遮《さえぎ》った。

「学長に話を聞いてくれてありがとう。これ以降は私に任せて」

「え？」

「ピアが部外者とは言わない。〈マジックパウダー〉を見破ったのはピアなのだから。純《じゅん》粋《すい》にフィリップ殿下を心配しているのもわかってる。でも、この件にピアは首を突《つ》っ込まないでほしい」

「で、ですが……」

「王妃殿下に目をつけられた可能性がある。我々の友への純粋な心配を理解してくれそうにないし、唯一《ゆいいつ》王妃殿下を制御《せいぎょ》できる陛下もご不在だ。それがわかっているのにピアに関わってほしくない」

「でも！　私を遠ざけるほどに危険ならば、ルーファス様だって！」

「私はあらゆる防御《ぼうぎょ》を固めて乗り込める。自分の身は守れる。心配いらない。それにフィルは私の友人だ。万全を尽《つ》くすから安心して」

「そう……ですね」

私が心配しているのは、もちろんフィリップ殿下の健康状態だけれども、それ以上に殿下のことで胸を痛めているルーファス様の心だ。

でも、私が心配すること自体が彼の足を引っ張るのなら……でも……。

「わかってくれるね」

「……はい。ではルーファス様、もう遅いので休みましょう。隣に戻りますね」

私はこの自室の隣の客間で眠っている。夫婦《ふうふ》のベッドを使うのは今のところルーファス様一人。ベッドを別にしないとお義母様の命令を受けているメアリが厳しいのだ。

「隣に戻るって何？　ピアの戻るところは私の腕の中だけだよ？　はあ、早くピアと一緒に寝起きしたいよ」

ルーファス様がぎゅっと私を抱きしめる。

「ピアに何かあったら耐《た》えられない。くれぐれも王族周りを探ったりしないように」

「……おやすみなさい」

ルーファス様の腕《うで》が緩《ゆる》んだので、私は小声で挨拶《あいさつ》をして席を立った。

客間のベッドも快適なはずなのに、なかなか寝付くことができなかった。


「こんにちは～」

「ピア！　おかえり。久しぶりね！」

なんとなくもやもやする気分を吹《ふ》き飛《と》ばそうと、週末、私は護衛のマイクと共にホワイト領のアンテナショップであるエリンのお店を訪ねた。もちろん連絡をしていたから待ち構えてくれていた。

エリンは仕入れに商談にとあちこち動き回っていて、アポを取っていないと確実に会えないのだ。

アカデミーを卒業したエリンの装《よそお》いは上品なオレンジ色のワンピースで、いかにも高位貴族のお嬢様《じょうさま》だ。ビタミンカラーもフルーツを扱うお店にぴったりだと思う。

「だって見かけも大事でしょう？　商売って」

私の親友は、美しいだけでなくどんどん頼《たの》もしくなっている。逆に私は街歩きってことで町民風の白シャツにベージュのスカートだ。

「うん、バカにできない相手だって、商談相手を圧倒《あっとう》しなくちゃね。おじゃましまーす」

もはや馴染みの店員やシェフにお辞儀《じぎ》をしながら、二階の応接室に通された。

「ねえエリン、ヘンリー様ってお元気？」

「え？　来て早々ヘンリーのこと？　騎士団《きしだん》の新団員演習でずっと南西部の砂漠《さばく》地方に行ってるわよ。ボロボロになってるけれど、まだリタイアしてないって先日騎士団長閣下がお見えになった時、笑っておっしゃってた」

コックス騎士団長はエリンの将来の義父だ。ここに顔を出すということはエリンの商売への情熱を認めてくださっているのだろう。よかった。

「そう。厳しい演習に耐えられるほど……ヘンリー様はもう、ほぼ健康ってことだよね」

「ええ、手紙の字も元気そうで、いつもどおり紙からはみ出しそうな大きな字よ。で、なんでヘンリーが気になるの？　人妻のピア様？」

「やだ、ヘンリー様のこと、そういう意味では全く気にしてないからね？」

私は慌てて、ここだけの話だと断りを入れて、フィリップ殿下のことを話した。エリンは関係者だ。

「え？　どうして……確かにヘンリーの毒抜《ぬ》きは皆様より一歩リードしていたけれど、解毒剤ができてからはそれはもう効果てきめんで、一気に体がスッキリ軽くなったって」

エリンが心配そうに右手を口に当てた。

「殿下……持病も何もないはずだけど……ああっもう！　あの毒、本当に頭にくるわね！　ルーファス様、当然原因を探《さぐ》ってらっしゃるんでしょう？」

「うん、多分」

「結局側近の中でフィリップ殿下が一番頼《たよ》りにしていたのはルーファス様。ルーファス様もなんだかんだで面倒見《めんどうみ》がいいから、一番長い時間を共にしていたはずよ。公務はもちろんだけれど、その合間には殿下がくだらないことを言って、ルーファス様が遠慮《えんりょ》なく一笑《いっしょう》して……そこには苦労を共にしてきた信頼《しんらい》が見えたわ」

「そうなのね……」

エリンの話す情景は、簡単にイメージできた。脳内の二人は笑顔《えがお》だった。

「新婚《しんこん》さんにしては浮かない顔をしていると思ったら、そういうことだったの」

エリンは席を立って、私の隣に座りなおし、腕を広げて私を優《やさ》しく包んでくれた。

「大丈夫《だいじょうぶ》よ、ルーファス様にお任せすれば！　いつもどおりの辣腕《らつわん》で、顔色も変えずあっさり解決してくれるわよ。でも優しいピアは黙《だま》ってそれを待っているのは辛《つら》いってところかしら？　じゃあ私たちは私たちで何か殿下のためにできることを考えましょう？　皆笑顔になるように」

「でもね、ルーファス様が、私に動いてほしくないって……」

私が小声でそう言うと、エリンが呆《あき》れた、というようにポカンと口を開けた。

「でたわねルーファス様の過保護！　確かにあまり踏《ふ》み込まないほうがいいかもしれないけれど、二人……ヘンリーも入れて三人で、お見舞いを贈《おく》るくらいなら、友人として、臣下として許されるんじゃないかしら？　実際、病気の友人を気にかけないでいるほうが不自然よ」

「そうだね。ただ、早く良くなってほしいという気持ちが伝われば……何がいいかな」

「ふふふ！　ピア、私がフルーツ屋さんだとわかってる？」

そうだ！　前世でもお見舞いには果物やお花が定番だった。

「まだ市場に出回ってない、宝石みたいに煌《きら》めいたグリーンのブドウを領地から持ってきたの。絶対に新しいもの好きの王妃様は断れないわ！」

「エリーン！　大好きー！」

「ふふふ、私もピアのこと大好きよ！」

二人でぎゅうっと抱きしめ合っていると、ドアがノックされた。エリンが入室を許すと、この店の馴染みの若い女性シェフがニコニコしながら入ってきた。

「そうそう今日はね、この夏の店頭限定販売《はんばい》新作スイーツをピアに試食してもらおうと思ってたのよ」

エリンの言葉に呼応するように、シェフが目の前の机にお皿を並べ始めた。お皿の上には薄《うす》い黄金色《こがねいろ》の生地《きじ》に巻かれた――

「よく知ってるわね！　そう、天才パティシエカイル発案の特製フルーツクレープ！　うちのフルーツとミルク味の氷菓《ひょうか》を薄い生地でクルンと巻いてるのよ。それを紙で巻いたら片手で手軽に食べられるの！　さあ、召《め》し上《あ》がれ」

「クレープだ！」

「いただきまーす！」

大きく口を開けてパクリと食べると、はじめにメロンとベリーのフレッシュな素材の味が口に広がり、続いてミルクの氷菓……今世で初めてのアイスクリームの冷たさと甘みがガツンと来た。

「そうそう、氷菓の氷とミルクはスタン領からいつもどおりお友達価格で仕入れたの。持つべきは北国領主の若奥様《おくさま》である友ねー！」

「とっても美味《おい》しい！　エリン！　余力ができたらロックウェルとスタンにも支店を出して！　領地の皆様にも食べてもらいたい。こんな美味しいものが生み出されるのなら、きっとルーファス様もどんどんホワイト家に材料を融通すると思うわ。このひんやりと溶《と》ける喉越《のどご》し、絶対昨年のシェイク以上に流行《はや》るよ！　あ……喉越し……」

「ピア、どうかして？」

「……この氷菓も、殿下へのお見舞いにできないかな？」

前世で中学生の時、老人介護施設《かいごしせつ》で職業体験をした。専門的な知識のない私たちの仕事は高齢者《こうれいしゃ》の食事のお手伝いで、献立《こんだて》にはアイスクリームやプリンがほぼ毎日入っていた。

お年寄りや病人にとってそれらは栄養価が高く、嚥下《えんげ》しやすいからだと施設の先生に教わった。そして、何より美味しいから、皆笑顔になるのだと。

「学長にこの氷菓に混ぜても味が変わらない栄養剤《えいようざい》を教えてもらってエリンのフルーツと一緒に混ぜ込んで、そして材料をつまびらかに開示すればフィリップ殿下のもとまで届くかもしれない」

カイルは最近ますます忙しそうだけれど、手を貸してくれるだろうか？

「でも、氷菓を作り、運ぶとなると短距離《たんきょり》であれ相当の氷が必要になるか……私のお小遣いで買えるかな？」

「ピア様、王家への献上品ならば、侯爵家の経費で落ちますよ。ご心配なく」

これまで黙って見守っていたマイクが優しく口を挟んだ。

「でも、ルーファス様はいい顔されないかも……」

この件に首を突っ込むなと、既に釘《くぎ》を刺されているのだ。

「その時は私がやったことにするわ。『ヘンリーお腹《なか》いっぱい大作戦』の続編、『フィリップ殿下に栄養たっぷり氷菓を差し入れ大作戦』よ！　今度は私をのけ者にしないでちょうだい」

エリンがかっこよく親指を立ててみせた。

「では、使いを出しましょう。学長とカイルに手紙を書かれませ」

マイクが伝令用の紙とペンをすかさず私に差し出した。

「マイク、ルーファス様の許可を取らずにいいの？」

「許可されるに決まってますよ」

マイクが何を当たり前なことを？　という表情をして、右眉《まゆ》だけ上げた。

「そうよ、ピア。ルーファス様は自他共に厳しい方だけれど、柔軟《じゅうなん》よ。ピアの思っていることはそのまま正直に話したほうが喜ぶわ。話したうえで危険かどうかの線引きはルーファス様に任せればいい。夫婦なんだもの。……そもそも彼がピアに怒《いか》りを見せるわけがないじゃない……」

エリンに言われて……目の前の霧《きり》がサッと晴れた。そうだ、今までどおり、信じて相談すればいいだけだ。

「……やっぱりエリンは頼もしいね。ありがとう」

「少しでも気持ちが持ち直したのならよかったわ。あとは週末のアレで大声出せばスッキリするって！　いけない！　まずは溶ける前に食べましょう？　うちのシェフが泣くわ」

「そうね！　うん、最高に美味しい」

これからますます暑くなる。そしてベッドの上の生活は変化に乏《とぼ》しい。このアイスクリームで、回復とはいかないまでも、殿下の気分転換《てんかん》になってくれれば……。

第三章　剣術大会と、その後の悪役令嬢たち

青葉が美しい季節となり、第二回剣術《けんじゅつ》大会が華々《はなばな》しく開催《かいさい》された。

昨年、ヘンリー様のために騎士《きし》団長の職権乱用で開催された剣術大会は、参加者、観戦者双方《そうほう》の評判が良く、今年も開催されることになったのだ。

「今年は試験的に娯楽色《ごらくしょく》を強めることになり、基地内に屋台の出店を許可したんだよ」

と、ルーファス様が隣《となり》から教えてくださるとおり、騎士団基地内のスタジアムは普段《ふだん》の無骨なイメージががらりと変わって、お祭りの雰囲気《ふんいき》一色だ。スタジアムを囲むように屋台が並び、かぐわしい香りがあたりに漂《ただよ》っている。

昨年と違《ちが》うのは観客の多さだ。席は限られているので、おそらく立ち見が出るだろう。

「私たちも席を詰《つ》めたほうがいいのでしょうか？」

私の左隣は二席ぽっかり空いている。

「いや、今着席していなくとも、指定席だから誰《だれ》かがこの席は押さえている。空けておいていい。昨年のハンカチやリボンのやりとりがロマンチックに見えたようでね。武芸を鑑《かん》賞《しょう》するだけでなく、適齢期《てきれいき》の男女の婚活《こんかつ》の場とも見なされているようだよ」

昨年同様フィールドが正面に見える指定席に座る私に、右隣からそう説明するルーファス様。切羽詰《せっぱつ》まっていたとはいえ、髪《かみ》を結《ゆ》わえたリボンを解いてルーファス様に手渡《てわた》した黒歴史を思い出し、思わず両手で顔を覆《おお》う。

そう、今年はルーファス様も観客なのだ。私はライムグリーンのドレスにネックレスは〈妖精《ようせい》の涙《なみだ》〉。そしてエメラルドの結婚《けっこん》指輪というスタン家嫁《よめ》フル装備のいでたちで、ルーファス様と腕《うで》を組み、ここまでやってきた。やたらと注目されて既《すで》にライフはゼロだ。

「ルーファス様、今年は参加されないのですね」

「領地に戻《もど》っていたりとバタバタしていて、全く訓練に出ていないからね」

ルーファス様の今日の装《よそお》いは、通勤時よりも少し薄手《うすで》の紺《こん》のスーツにグリーンのネクタイだ。昨年の黒の軍服姿を思い出す。

今日の大会を催《もよお》したのは騎士団だ。騎士団とはアージュベール国王陛下に忠誠を捧《ささ》げ、武をもって王家を守る騎士の集団だ。国中の強者が我こそはと集《つど》う花形の職業で、その赤い制服は若者の憧《あこが》れだ。

そして我が国にはもう一つの武の集団がある。軍だ。国同士の戦争が勃発《ぼっぱつ》した時に、騎士団はじめ各有力領主が従える私兵や徴兵《ちょうへい》された一般人《いっぱんじん》をまとめあげ、指導し、作戦どおり指揮する組織だ。

ルーファス様はアカデミーと宰相《さいしょう》補佐の仕事と並行《へいこう》して……なんとその軍の士官学校

も修了《しゅうりょう》してらっしゃった。

「戦時には参謀《さんぼう》として働かせるから、軍幹部の資格を取っておけと父に言われてね」

ということで、彼の幹部色である黒の軍服は飾《かざ》りではない。ルーファス・スタン中尉《ちゅうい》という肩書きも持っている……ということを国に提出した結婚届の写しを見て初めて知った。軍務は机上《きじょう》演習などにたまに参加しているそうだ。

やがて出会いから十年経《た》つのだが、ルーファス様には私の知らない引き出しがまだまだいっぱいあるのである。

トランペットによるファンファーレが場内に鳴《な》り響《ひび》き、コックス騎士団長が開催を宣言した。そして、唐突《とうとつ》にどよめきと拍手《はくしゅ》が巻き起こる。

「え？　ジョニーおじさま？」

なんと、陛下の登場だ。めったに見ることのできない君主の登場に国民が総立ちになる。これといった失策のないジョン国王陛下は国民から絶大な人気を誇《ほこ》る。

「外遊帰りでお忙《いそが》しいでしょうに、よく時間が取れましたね」

「国民にとって王太子の変更《へんこう》は唐突だった。事情を知らない国民は何があったのかとモヤモヤしている。このへんで、明るい行事にのっかって、ガス抜《ぬ》きをすることにしたようだ。アージュベール王国は揺《ゆ》らいでいないという国威発揚《こくいはつよう》の意味もある」

「なるほど」

私たちがひそひそと話しているうちに、陛下は壇上《だんじょう》から消えていた。場内にほどよい興奮が残っている。

「陛下が最初だけでも駆《か》けつけたとなると、入賞者には箔《はく》がつきますね」

「そうだね。陛下から金一封《きんいっぷう》も出るんじゃないかな」

ルーファス様とトーナメント表を眺《なが》めながら、誰が勝ち上がるかああだこうだ議論していると、昨年同様二十代以上の部からスタートした。

この部門の出場者に私の知り合いはいない。純粋《じゅんすい》に騎士団員の熟練の技《わざ》に見入っていると、ルーファス様が珍《めずら》しく不機嫌《ふきげん》そうな声をあげた。

「ふうん」

私はいそいそとメガネをかけて、ルーファス様の視線の先を見る。

そこにはマリウス・ベアード伯爵《はくしゃく》令息……違う、ベアード子爵《ししゃく》が待機していた。

「まさか、出場するなんて」

少しやつれて見える。そして日に焼けたようだ。

「領地替えになり、新しい土地に馴染《なじ》むために日々忙しくしていると触《ふ》れ回《まわ》ってるらしい。爵位《しゃくい》を落としたということは、詳細《しょうさい》は知らずとも陛下に背《そむ》くことをしたのだろうと誰でも想像はつく。当然世間の風当たりは厳しい。しかし堂々と大会に出ることによって、失態を犯《おか》したのは親である前伯爵で、自分は何もやましいことなどないと身の潔白をアピールしたいのだろう」

ベアード子爵は昨年と同じように涼《すず》しげな顔でフィールドの中央へ歩いた。またしても私に声をかけてくるのではないかと一瞬《いっしゅん》身構えたが、そのまま試合がスタートし、ベアード子爵が僅差《きんさ》で判定勝ちしたところで体の力が抜けた。

「ピア、今年は私がいる。安心して」

ああ、ルーファス様が膝《ひざ》の上で固く握《にぎ》りしめていた私の手をポンと叩《たた》き、ふわりと笑った。

まだまだ外に一歩出ればいろんな不安要素が立ち込めているから、ルーファス様は私のそばにいてくださったのだ、と今更《いまさら》気がついた。

「ルーファス様……すぐに怯《おび》えて、一人で立つこともできずごめんなさい」

「結婚したんだ。一人で立つ必要などないだろう？」

「弱腰《よわごし》の私にばっかりメリットがある気がします」

「バカな。ピアの隣にいることを欲《ほっ》したのは私だ。それに私もいつも助けられているよ」

お世辞とわかっていても、嬉《うれ》しい。

ベアード子爵は二回戦で姿を消した。彼の水色の瞳《ひとみ》と一瞬目が合った気がしたが、この大勢の観客だ。きっと気のせいだ。

ふと、あの王宮の隠《かく》し部屋《べや》に潜《ひそ》んでいる時に見た、探《さぐ》るような冷たい彼の視線を思い出したけれど、正面で始まったアクロバティックな試合に、私の関心はやがて移った。

今年の優勝者もコックス領出身の若者だった。エリンがこのスタジアムのどこかでホッと胸を撫《な》で下《お》ろしていることだろう。

二十代以上の部が終わると観客が入れ替わったのち、ファンファーレと共に十代の部がスタートした。順調に一回戦が進む中、唐突にフィールドから女性の声があがった。

「ピアー！　ピアのアンモナイトハンカチ、ちょうだーい！」

叫《さけ》んでいるのは……水色の軍服を着たエリンだ！　なんとエリンはコックス伯爵家の許嫁《いいなずけ》として相応《ふさわ》しくあるべく、今回参戦しているのだ。私の気分は一気に上昇《じょうしょう》した。

「エリーン！　では、ルーファス様！　出番が来ましたので行ってきます！」

「はいはい！　行っといで」

ルーファス様がひらひらと手を振《ふ》る。

私はとっておきのハンカチをバッグから取り出して、弾《はず》んだ気持ちで階段を駆け下りた。

フィールドの、軍服に黒の長靴《ちょうか》姿のエリンはウットリするほどかっこいい！　いつもどおりポニーテールを揺らしてキリッと引《ひ》き締《し》まった表情は、最高に凛々《りり》しい剣士《けんし》だ。

「エリン！　私の勝利ハンカチをどうぞ！　誰よりも応援《おうえん》しているからっ！」

私がハンカチ片手に手すりから身を乗り出すと、エリンが軽くジャンプして受け取った。

「ピアのハンカチがあれば優勝間違《まちが》いなしよ！　去年もこれがあったからヘンリーは優勝

したんだもの」

エリンが観客席に向けて私のハンカチを広げた。陰影法《いんえい》をマスターした私の新生アンモナイト刺繍《ししゅう》を見て、今日何度目かのどよめきが場内に起こる。

「エリンのために、ど派手なセンターに配置してみました！」

「す、素晴《すば》らしいわ。皆様《みなさま》！　ピア・スタン博士の化石発掘《はっくつ》への応援、よろしくお願いいたしまーす」

エリンが私の研究の資金援助《えんじょ》をお願いしてくれた。わ、私だって、エリンのためなら！

今年一番の大声を張り上げる。

「み、皆様、ホワイト領のフルーツ、とっても美味《おい》しいですよ！　エリン、頑張《がんば》って！」

私は言い逃《に》げをして階段を駆け抜けルーファス様の下に戻り、大きく深呼吸した。

「ピア……目立つことは嫌《きら》いじゃなかった？　何、そのやりきったって顔？」

「え？　少しはエリンのお店の売り上げに貢献《こうけん》できるかなって？」

ルーファス様は何やら呆《あき》れ顔《がお》だったけれど、私と手を合わせてくれた。前世で言うハイタッチだ。

「ふふふ、仲睦《むつ》まじいこと。ルーファス様、ピア様、ごきげんよう」

ふわっと花の香りが漂ったと思ったら、私の隣にボリュームのないルビー色のドレス姿のアメリア様がお座りになった。周囲の警備が一段と厳しくなっている。

「アメリア様！　お久しぶりです。ここアメリア様の席だったんですね。嬉しい！　今日もお美しいし、ドレスもお似合いだし、いい香りがします！」

「え？　……もう、本当にピア様は……私も嬉しいわ」

アメリア様はスタジアムが暑いのか、顔を赤くして扇子《せんす》でパタパタと扇《あお》いだ。

「それにしてもエリン様ってば素敵《すてき》！　私もハンカチをもう一枚準備してくればよかったわ。でもピア様の大作の前には、見劣《みおと》りしてしまうわね。友の勝利のために……麗《うるわ》しい友情だと感心しました」

気高きアメリア様が優《やさ》しく褒《ほ》めてくれたので、夜なべして頑張った甲斐《かい》があった。

フィールドに目を向けると、エリンの相手はエリンよりも頭一つ大きかった。

「エリン様、大丈夫《だいじょうぶ》かしら」

「学生時代、ヘンリーと毎日稽古《けいこ》に励《はげ》んでいたんだ、問題ないだろう。それにしてもいつの間にエリンは予備役《よびえき》になった？」

ルーファス様がエリンの水色の軍服に驚《おどろ》いている。

「アカデミーを卒業してすぐに一カ月の予備役訓練を受けて、合格したんですって」

予備役とは平時は民間にいながら、いざという時召集を受ければ軍人として活動する緊《きん》急《きゅう》時の軍人だ。年に一度訓練を受けることでその資格は更新《こうしん》されていく。ちなみに騎士団には予備役の制度はない。

「戦時や災害時、女性がいれば助かるという場面がままあります。エリン様、なんて頼《たの》もしいの。友人として誇りに思います」

アメリア様の言葉にうんうんと頷《うなず》く。私の少数精鋭《せいえい》の友人は片《かた》や完璧《かんぺき》優等生の王太子婚《こん》約者《やくしゃ》、片やり手の商売人であり軍人、しかも二人揃《そろ》って超絶《ちょうぜつ》美人！　そして私は元シルエットモブ悪役令嬢……できるだけお二人の足を引っ張らないようにしなければ。

開始早々、エリンは相手に向けて走り込み、腰《こし》を落として中段に木刀を真横に振りぬいた。相手がなすすべなくお尻《しり》から地面に落ちる。

「速いな」

ルーファス様が短く口笛を吹《ふ》き、感心している。

「そうですか？　ヘンリー様とのアカデミーでのお昼休みの稽古の時は、もっとスピードが出ていましたよ？」

「そうか。最近は商売に時間を取られてなまっているのかもね」

「ピア様ったら、騎士団長に鍛《きた》えられたお二人の鍛錬《たんれん》を日々見ていたから、すっかり目が肥えたのね」

勝者のコールを聞き、エリンが私たちに向けて手を振るので、私とアメリア様も手を振り返した。

「そういえばエリン様は出場者だから、今年はヘンリー様にハンカチを渡せないのではなくて？　だって一応、敵でしょう？」

「ヘンリー様はもう一生、昨年もらった幸運の赤い鳥ハンカチだけでいいそうです」

私はにやにやしながらアメリア様に教えてあげた。

「まあ……本当に仲直りしてくれて……よかったこと……私とフィルは、結局縁《えん》がなかったけれど……あ、ごめんなさい。聞かなかったことにしてちょうだい」

慌《あわ》てたようにアメリア様が自分の発言を取り消した。私は黙《だま》って首を横に振った。

フィリップ殿下《でんか》とアメリア様。三歳から一緒《いっしょ》にあり続けたお二人だ。そう簡単に割り切った気持ちになれるわけがない。そっとアメリア様の手に私の手を重ねて、私の気持ちが押しつけがましくならないように、視線を試合に戻す。アメリア様が優しく握り返してくれた。アメリア様の手はすべすべだ。

「ところで、エドワード王太子殿下の調子はどう？」

ルーファス様が見事な手腕《しゅわん》で話を変えた。

「えっ！　殿下も参加されるのですか？」

「今日も三時間しか寝《ね》ていらっしゃらないの。だから期待しないであげてくださいませ」

ルーファス様はご存じだったようだ。私に言わなかったのは、王太子殿下もアメリア様もギリギリまでスケジュールを調整していて、今日来られるかどうかわからなかったからだそうだ。

「でもね、とっても楽しみにしてらっしゃるの。こういう時でもないと最近お友達と雑談する時間もないとおっしゃって……」

ルーファス様はじめ、優秀《ゆうしゅう》な側近がいくら王太子殿下をサポートしても、やはり本人でなければ意味のない仕事がたくさんある。まだ王太子一年目のエドワード殿下は苦労していらっしゃるようだ。

やがてエドワード殿下が入場した。殿下も当然黒の軍服だ。将来王として、誰よりも上に立つのだから。陛下に続いての王太子の登場に場内はますます沸《わ》き上がる。

「このあとも公務が入っているから、殿下は勝っても負けてもこの一戦だけだ」

殿下は人好きのするニコニコした笑顔《えがお》で手を大きく振りながら、私たちの観客席の足元にやってきた。もしやこれは！

「アメリア！　私にハンカチをください！」

どっ！　とスタジアムが沸いた。

アメリア様はすぅっと深呼吸してバッグから、赤い……王族の瞳と同じ色の薔薇《ばら》が刺してあるハンカチを取り出して、小走りで階段を下りていき、手すりから身を乗り出して殿下に差し出した。将来の国王夫妻の微笑《ほほえ》ましい姿に、拍手や指笛が巻き起こる。

「お、思ったよりも、恥《は》ずかしかったわ……」

戻ってきたアメリア様は扇子で顔を隠してしまわれた。なんだかとっても……可愛《かわい》い。

「お気持ち、よくわかります。私もエリンのためとはいえ、かなりビクビクしました」

「え？　とっても愛くるしかったけれど？　昨年だって、ねえ？　ルーファス様？」

ルーファス様は苦笑いする。

「ほら、殿下を応援しましょう！　エドワード殿下は正面から真っすぐにぶつかっていった。体格がいいので迫力《はくりょく》がある。

開始の笛が鳴り、エドワード殿下は正面から真っすぐにぶつかっていった。体格がいいので迫力《はくりょく》がある。

「殿下ー！　頑張れー！　ほら、アメリア様も！」

「そ、そうね！　エドワードさまっ！　頑張って！」

相手もエドワード殿下と同じ力押しタイプで、膠着《こうちゃく》状態のままタイムアップし、判定の結果、殿下は負けてしまった。

「へえ、判定で殿下の負けを取るなんて、なかなか気骨のある審判《しんぱん》だな」

ルーファス様がクスリと笑った。

「あー！　残念でしたね、アメリア様！」

「ええ、でも、怪我《けが》もなく楽しそうに勝者の方と肩《かた》を組んでいるから……よかった」

アメリア様が嬉しそうに随分《ずいぶん》小さくなったエドワード殿下の背中を見つめる。アメリア様と殿下がゆっくりと愛を育《はぐく》んでいるのがわかって胸にキュンときた。

その後、ルーファス様に解説してもらったり、アメリア様から侯爵家《こうしゃくけ》の嫁として覚えてておくべき観客席の顔ぶれを教えてもらったりしていると、アメリア様が意外そうな声をあげた。

「まあ、あれは？」

フィールドにメガネ越《ご》しに目を凝《こ》らすと、薄紫《うすむらさき》の髪色の華奢《きゃしゃ》な青年が、クマのように大きな対戦相手から悲鳴をあげて逃げ回っていた。場内が笑い声に包まれる。

「あの髪色は……ローレン子爵令息でしょうか？」

〈マジキャロ〉の攻略《こうりゃく》対象者で毒クッキーの被害者《ひがいしゃ》、医療《いりょう》師団長の息子《むすこ》であるジェレミー・ローレン子爵令息。学年が一つ下のこともあり、私はこれまで接点がない。しかしお二人はお茶会や正式なパーティーで少しは交流があるらしい。

子爵家は侯爵家に比べれば格下だが、そこは親が医療師団長という重職を担《にな》っているために、かなり厳選された顔ぶれのパーティーにも親子で招待されるそうなのだ。

「ええ。彼は剣術なんてやったこともないはずよ？　どうしちゃったのかしら？」

ルーファス様がその光景を見つめながら足を組み替えた。

「戦闘《せんとう》系でないジェレミーがこの剣術大会に出て、無様な姿を見せることが、世間を騒《さわ》がせたことへの一つの禊《みそぎ》だと考えたんだろうな」

「なるほど。あ、転んで……ああ、急所押さえられた！　はあ、やっぱり負けちゃった。でも、すっかりお元気の様子……よかった」

私と手を繋《つな》いでいたアメリア様の手に、ぎゅっと力が入る。

「どうして……どうしてジェレミー様はこんなに回復しているの？　なぜフィルは……」

当然その呟《つぶや》きは私とルーファス様にも聞こえて……胸が痛む。ジェレミー様は、こうした体を酷使《こくし》する場に出られるくらい回復しているのだ。フィリップ殿下に一番近かったアメリア様とルーファス様の気持ちを思うと、やるせなくてイライラしてしまう。そっとルーファス様を盗《ぬす》み見ると、不自然なほどに無表情だった。

いろいろな考えが頭を巡《めぐ》り、俯《うつむ》いていると、アメリア様が気持ちを切り替えるように扇子をパンッと閉じた。

「もう行かなきゃ。途中《とちゅう》で退席してごめんなさい。ピア様、是非《ぜひ》エリン様と一緒にキース家にいらして。今日のこの感動と興奮を、お茶をいただきながらエリン様にお伝えしましょう？」

「はい！　喜んで！」

アメリア様はギャラリーの歓声《かんせい》に手を振りながら、護衛を引き連れてこの場を後にした。

「……アメリア様もこのあと公務でしょうか？」

「多分ね。王妃《おうひ》殿下はアメリア嬢《じょう》に以前からかなり自分の仕事を振っている」

「それはフィリップ殿下の看病のため？」

「さあ？　これまでもあまり公務には熱心ではなかったから」

我がアージュベール国出身ではないから、あまり公務にやりがいを感じないのだろうか？　いや、王妃殿下のお考えを推察するなんておこがましすぎるか……。

そんなことを考えているとヘンリー様の出番がきた。前回の優勝者は一回戦最後の登場だ。ヘンリー様は赤の騎士団の制服だ。

突《つ》っ込んできた細身の相手を躱《かわ》して、横蹴《げ》りをみぞおちに叩き込み、二秒で終了《しゅうりょう》した。

「あいつ、剣術大会ってわかってるのか？」

ルーファス様はそう言って、やれやれといった風情《ふぜい》でため息をついたけれど、私のことを随分最初から友達だと言ってくれたヘンリー様の健康な様子に安堵《あんど》した。

今日新しく知ったいろいろな事実を、頭の中で少しずつ整理していると、可愛らしい女性の声がした。

「あの、スタン侯爵令息ご夫妻に少々お話があるのですが」

顔を上げると深紅《しんく》の巻き毛をハーフアップに結い、くすんだピンクのドレスを着て、生真面目《きまじめ》な表情をしたご令嬢が立っていた。どこかで見たような……。

「……君は？」

ルーファス様が彼女を凝視《ぎょうし》して記憶《きおく》を呼び起こそうとする。私はさりげなく腰を引き寄せられた。

「私、アンジェラ・ルッツと申します。一年前の婚約破棄騒動《はきそうどう》で大変お世話になりました。

きちんとお礼を申し上げたかったのですが、気後《きおく》れしている間にお二人とも卒業してしまわれて。今日は勇気を出して伺《うかが》いました」

アンジェラ様……先ほどのジェレミー様ルートのシルエットモブ悪役令嬢だ！　ああ、ちょっとつり目の茶色い瞳とほんの少しのそばかすが負けず嫌いな悪役っぽい。一気に仲間意識が湧き起こる。

「そうか。在学中に数回アドバイスしたね。ルッツ子爵令嬢、今は特に問題ない？」

「はい。ローレン子爵家から正式に謝罪していただき、私に傷がつくことなく、元気にアカデミーで勉強しています」

それはよかった。私はうんうんと頷く。確か彼女はジェレミー様と同い年で私より一つ年下だから、現在アカデミーの最上級生だ。話が長くなりそうだと思ったのか、ルーファス様が空いたアメリア様の席に座るよう促《うなが》した。

「ルーファス様が件《くだん》のクッキーを食べず、危険を察知してくださったので、被害が最小限に済んだのだと思います。それにしても、卒業後すぐにご結婚だなんて、お二人は本当に仲睦まじいのですね！　とても素敵です」

「そう？」

アンジェラ様は少し緊張《きんちょう》がほぐれたのか、勢いよくしゃべりだした。

「先ほどまでアメリア様もいらっしゃいましたよね？　アメリア様は私たち下級生の憧れ

でした。相変わらずお美しくて……ヘンリー様とエリン様も元のさやに収まりましたし、皆様お幸せそうで羨《うらや》ましいです」

「えっと、あの、アンジェラ様はジェレミー様に心を残しておられるの？」

シュンとしたアンジェラ様に初めて声をかける。ひょっとして、もう少し早く救ってくれれば、ジェレミー様と婚約解消せずに済んだのにという恨《うら》み言《ごと》があるのだろうか？

「あ、スタン夫人、誤解しないでください。彼とよりを戻したいなんて露《つゆ》ほども思ってません。婚約時代からしっくりこなかったんです。キャロラインのことを褒め讃《たた》えるのも常識がないなあと思っていましたが、あの人のやることなすことにイライラしてました」

「その……たとえば？」

「さっきの試合、ご覧になりましたか？　真面目に戦えばいいだけのことでしょう？　なのにあえて走り回って逃げて……やることが嘘《うそ》くさいんです。観客を意識して、自分が可愛く見えるようにあざといっていうか」

「アンジェラ嬢、案外辛《しん》らつだね」

「あの無邪気《むじゃき》さは絶対計算です。一度そう思い込んでしまったら、もう好きになんてなれないんです」

ジェレミー様の〈マジキャロ〉風に言えばワンコキャラは、どうやら演技だったようだ。ちょっとがっかりしたが、ここはゲームの世界ではないのだから、何もかも型にはまったようにはできていないのだ。

「次の婚約者候補を確か、紹介《しょうかい》したよね？」

「ああ、私の母と反りが合わなくて、良いお話でしたのになくなりました。せっかくお手間を取らせたのに申し訳ありません」

そうだ。攻略対象者の態度がクッキーのせいで変わった時に、ルーファス様は希望に応じてお見合いを手配すると言っていた。婚約解消はどうしても女性のほうが負担が大きいから。結局アメリア様もエリンもシェリー先生もそれをルーファス様に頼むことはなかったけれど、アンジェラ様のために骨を折ってくれていたのか……ありがとう。

「いや、後々文句を言われるよりずっといい。結婚は一生の問題だからね」

頭を下げるアンジェラ様になんてことないと、ルーファス様は手を横に振ってみせた。実際忘れていたのではないだろうか？　彼の言動は見返りを求めてのものではないもの。

「ルーファス様のご配慮《はいりょ》を無にしたというのになんて寛大《かんだい》な……格の違いってこういうことなのですね。ルーファス様とピア様への恩は本当に感じています。あの事件、相手は当時の王太子殿下が筆頭だったのです。子爵家など吹き飛ばされたおそれがありました。お二人には生涯《しょうがい》誠実であり続けます」

「ふーん……そうか、ならば私たちに忠誠を誓《ちか》える？」

ルーファス様がアンジェラ様をじっくり見定めたあと、そう言いだした。一体何を……

あら？　この場面、どこかで見た気がする？

「ちゅ、忠誠ですか？」

「ちょうど人材を探していたんだよね。ピアはこれからもアカデミーで研究を続けるんだ。君の残りの在学中、ピアが女性の手を借りたい、と思った時に力になってくれるかい？」

「そ、それ、ご褒美《ほうび》でしかありませんから――！　やりますやります是非私をお二人のしもべにしてください！」

「し、しもべって……」

アンジェラ様の食いつき気味に思わず後ずさると、ルーファス様の肩に頭がコツンと当たった。振り返ると、おでこにキスを落とされた。

「だ、だから人前はダメですっ！」

「うわあ、甘ーい！　バチバチに牽制《けんせい》されてる！　私、絶対にお二人の仲を裂《さ》く真似《まね》はしませんし、不穏《ふおん》な状況《じょうきょう》を察知したらすぐにルーファス様にご報告いたします！」

アンジェラ様はルーファス様を真っすぐ見つめて訴《うった》える。

「……じゃあ、あとでルッツ家に使いを出すから署名してね。ああ、政治的な派閥《はばつ》ではないから安心するように子爵にはお伝えして」

「いえ、むしろルッツ子爵家ごと、最強スタン侯爵家に取り込んでほしいです！　あー辛《つら》いことのあとにはいいことがあるって本当なんだわー！　ご挨拶《あいさつ》だけでもと思って伺ったら、話を聞いていただけたうえに、しもべにまで～」

「いえ、しもべにはしてない……」

そんな私たちに、またしても声をかける人が現れた。

「賑《にぎ》やかだね。私も話に混ぜてくれるかな？　どうやら関係者が揃ってるようだから」

癖毛《くせげ》の黒髪に茶色のスーツの、私たちよりもひと世代大人の落ち着いた男性。もしかすると……。

「ニコルソン先生」

ルーファス様が声をかけた。やはり！　慌てて立ち上がり礼を、と思ったが、ガイ先生に後ろの観客の迷惑《めいわく》になるからと止められた。ガイ先生はアンジェラの隣のエドワード殿下のために準備されていた席に、スマートに座った。

「宰相補佐、そしてロックウェル博士……あれ？　スタン博士かな？　二人が揃って社交に出ることはめったにないと聞いて、今日は私もチャンスを狙《ねら》っていたんだよ。とにかくうかつにも罠《わな》にかかった私を助けてくれてありがとう」

そう言ってガイ先生は胸に右手を当てて、頭を下げてくれた。

「もう体調はよろしいのですか」

「うーん。さすがにジェレミーやヘンリーのようには戦えないかな。若いって素晴らしいね。今、夏の休暇《きゅうか》明けから教壇《きょうだん》に立つことを目標に、リハビリに専念しているところだ」

ガイ先生は回復までもう一歩というところのようだ。でも回復具合に若さは関係あるだろうか？　若さで言えば、フィリップ殿下だって若い。

ルーファス様とガイ先生の、大人の歓談《かんだん》に耳を傾《かたむ》けていると、やおらアンジェフ様が手を上げた。

「ガイ先生！　質問です！　先生は婚約者だったシェリー先生に未練があるのですか？」

「「え？」」

アンジェラ様の直球ぶりに、私と、家の外ではめったなことでは表情を変えないルーファス様の目が点になる。突然《とつぜん》何を言いだすの？　それもこんなデリケートな話題を！

しかし、大人なガイ先生は真面目に返事をした。

「いや、シェリーのことは同僚《どうりょう》として尊敬している。留学してますます活躍《かつやく》して、いつか我が国に戻り、学生たちを導いてほしいと思っているよ」

ガイ先生の気持ちは確かに私も知りたかったことで、不躾《ぶしつけ》に思えたアンジェラ様の勇気ある質問に、私はひそかに感謝した。そうか、ガイ先生はもう、気持ちを新たに前を向いたのだ。

「では、私なんてどうでしょう？　私、先生と同じ立場のジェレミー様との婚約が解消されて困ってるんです。気の毒と思って責任を取ってくれませんか？　先生がそばかすを気にしないのならば是非！」

「『なっ⁉』」

今度はルーファス様と共に目をむいてしまった。アンジェラ様って鋼《はがね》の心臓持ち？　しかしここでもガイ先生は大人の余裕《よゆう》を見せつけてくれた。

「ふ、ふふふ、そっか。じゃあ、今年度、数学の成績が学年一位になったら、君の卒業後にデートしよう」

「ほ、本当ですね？　ピア様、ルーファス様、証人ですよ！　よーし頑張るぞー！」

ガイ先生は愉快《ゆかい》そうにクスクスと笑った。

ルーファス様が先ほど懐《ふところ》に入れたばかりのアンジェラ様の言動に、頭を抱《かか》えてしまう。

「アンジェラ嬢……随分調子いいな」

「ルーファス様。私の発言が軽率《けいそつ》に感じられたのであれば謝ります。でもこの歳《とし》で婚約者がいない貴族は既に少数。私も必死なのです。ガイ先生、こうして間近でお会いしたらとても素敵ですし」

アンジェラ様は本人の前で堂々とそう言った。かなりの強者だ。

「なんと……こんな正直なアプローチは新鮮《しんせん》だ。可愛いね。でもそろそろ……悪い、疲《つか》れが出てきたようだ。私は下がらせてもらう。宰相補佐、宰相閣下によろしく」

まだ慣れない場所で過ごすほどには体調が戻っていないのだろう。ルーファス様が目礼を返すと、先生は少し疲れた様子で席を立った。するとアンジェラ様も立ち上がる。

「ガイ先生、私、馬車までお見送りします！　ルーファス様、家族全員でスタン家のお使いの方をお待ちしております。それではピア様、またアカデミーで！」

アンジェラ様はそう言って、ガイ先生に続いた。ガイ先生のゆっくりとした足取りを後ろから支えるように歩いている。最初の緊張した表情ではなくて、満面の笑《え》みで。

彼女にはちょっと度肝《どぎも》を抜かれたけれど、優しい人柄《ひとがら》であることは間違いないようだ。見送りながら胸が温かくなった。

それに爵位的に言えば子爵家が二つの侯爵家と顔を繋いだ、という出来事は確かにお赤飯を蒸《む》してもいいくらいの快挙だ。弱小伯爵家の私にもその気持ちはわかる。ただ、彼女が喜び全開なのに対して、小心者の私はビビりが先にくるけれど。

そういえば、ニコルソン侯爵実弟《じってい》であるガイ先生とお会いして、私はとうとう我が国の四侯爵家全員と接触《せっしょく》してしまった。恐れ多い。

「ヘンリーは、また足技か。騎士団で最近学び、使いたくて仕方がないってところか」

ルーファス様の声に慌ててフィールドに視線を戻すと、もう勝者のヘンリー様の後ろ姿があるだけだった。

「あっ！　ぼんやりしてたら見逃《みのが》してしまいました。ヘンリー様、決着早くつけすぎ」

「ピア、私以外の男をその瞳に映さずとも、なんの問題もないからね？」

「えーっと？」

その後もひっきりなしに来客が相次いだ。次期侯爵であるルーファス様と非公式の形でお会いするチャンスは稀《まれ》だものなあと、他人事《ひとごと》のように隣で納得《なっとく》する私。

それにしたってルーファス様の観戦を遮《さえぎ》ってまで話しかけるって、勇者だ……。表面上は平静だけれども、間違いなく苛立《いらだ》っていると思う。これで機嫌を損ねたら、来年は剣術大会には行きたくないと言いだしそうなので勘弁《かんべん》してほしい。

フィールドとルーファス様を交互《こうご》に見ているうちに、ヘンリー様もエリンも順当に勝ち上がっていた。サラの持たせてくれた水筒《すいとう》のお茶を二人で飲みながら声援《せいえん》を送っていると、なんと決勝はエリンとヘンリー様のカードになってしまった。

「エリンって、実はとっても強かったんですね」

「うん、私もちょっとびっくりだ。体重がないからこその瞬発力《しゅんぱつりょく》に現職騎士団員も翻弄《ほんろう》されているってところだね。でもヘンリーはエリンとの対戦に慣れてるからな。手の内を知《し》り尽《つ》くした者同士の本当の実力勝負だ」

フィールドにエリンが入場すると、若い女性の尋常《じんじょう》でない歓声が巻き起こる。驚いて後ろを振り向くと淑女《しゅくじょ》の皆様の目はハートになり、「エリンさまー!」と絶叫《ぜっきょう》! これは前世の男装の麗人《れいじん》だらけの劇団を推《お》すファンの心境ではないか?

そんな外野の喧騒《けんそう》など聞こえていないかのように、続いて入場したヘンリー様を睨《にら》みつけている女武者エリン。

「ヘンリー、頬《ほお》が引きつってるな」

婚約者との対戦なんて、そりゃ困ってしまうだろう。大事にしたい、本来は傷一つつけたくない存在のはずだ。

「でも、エリンの顔、真剣《しんけん》そのものです」

「まあいいや。ピア、楽しませてもらおう」

ルーファス様が視線をスタン家の護衛に流した。この試合は来客を受けず、集中して見守るようだ。

開始の合図と共に、エリンがヘンリー様に向け、これまで同様先制攻撃《こうげき》でダッシュした。ヘンリー様はバックステップで躱し、体勢を低くして足払《あしばら》いをかける。エリンは真上に跳躍《ちょうやく》し、剣《けん》を振り下ろす。それをヘンリー様が剣を横にして止め、徐々《じょじょ》に体を立て、力でエリンを押し戻す。体勢が逆転する。

「ヘンリー、五戦目でようやく剣を使ったな」

力や持久力ではヘンリー様が圧倒的《あっとうてき》に有利だ。これは全身全霊《ぜんしんぜんれい》で応援しなければ！

「エリーン！　大好きー！　何がなんでも勝って〜！」

私の声が聞こえたのか、フィールドの二人がビクッと揺れた。そして、不自然な間が空き――遠目にエリンの口元が小さく動いたように見えた――一瞬ヘンリー様の動きが止まった。すかさずエリンがパンッと剣をはじき返し、そのままヘンリー様のがら空きの胴《どう》に剣を振りぬいた。

「げ、げほっ！」

「やめ！　勝負あり！　優勝、エリン・ホワイト！」

「やった——あ！　エリン、ばんざーい！」

「ピアー！　ピアのハンカチのおかげよー！　私も大好きー！　ありがとー！」

ぴょんぴょんと両足を曲げてジャンプして喜ぶエリンの横で、両膝をつき、魂《たましい》の抜けた様子のヘンリー様。

「……エリン、何を呟いたんだ？　まあいずれにせよ隙《すき》を作ったヘンリーの負けだ」

「ん？　ルーファス様！　エリンの勝ちですね！　すごーい！」

「ところでピア、『大好き』なんて言葉、私以外に絶叫するなんて、いい覚悟《かくご》だね？」

「あれ？」

ルーファス様のいつにない低い声に、背筋に悪寒《おかん》が走った。


「「「カンパーイ！」」」

そして私とルーファス様、エリンとヘンリー様は、昨年もルーファス様と二人で訪《おとず》れたオニシカシチューの店に祝勝会でやってきた。

「ヘンリーが優勝すると思って、ピアに言われて予約していたんだが……」

優勝者エリンが居合わせた客からひっきりなしにお酒を注いでもらっている。突如《とつじょ》現れ優勝をかっさらった女剣士は、もう王都中のアイドルだ！

「まあ飲めよ、ヘンリー。ここの支払《しはら》いはもともと私が持つつもりだったが、騎士団長が機嫌よく十万ゴールド持たせてくれた。ここのシチュー、お前のお気に入りだろう？」

「オヤジ……俺が勝っても大して喜ばないくせに、ひどい……」

ルーファス様は若干《じゃっかん》めんどくさそうな顔をして、ヘンリー様にお酒を注ぐ。ちなみに私たちは成人（十六歳から）だ。そして昨年この店で浮いてしまった教訓から私も町娘《まちむすめ》風のワンピースに着替《きが》えている。他の三人も上着を脱《ぬ》いで、白シャツにパンツ姿になれば、華美《かび》さはなくなる。

「エリン！　ピヨーンって飛んで、バサッと切って、最高だった！」

私が身振り手振りを交えてエリンの動きを再現すると、エリンはキラキラ笑った。私たちのテンションは高いけれど、女子二人のグラスは果実水だ。

「うふふ、ありがとう。母はなんだか喚《わめ》いてたけど、父は棒読みながらもおめでとうって言ってくれたわ。私はとってもスッキリ爽快《そうかい》！」

「そうだろうねえ。いいなあ。私も剣で戦ってみたい！」

「ピア、ペーパーナイフしか持ったことないのに何を言ってるの」

ルーファス様が私のおでこを人差し指でつつくので、思わず反論する。

「ナイフはおっしゃるとおりだけれど、たがねや鎌《かま》は扱《あつか》いなれてますよっ！」

「鎌か。鎌を扱いなれている妻か……」

「ピアちゃん若干ホラーだね！」

ヘンリー様がケラケラと笑った。

「ところでヘンリー、お前どうしてあの重要な場面で動きを止めたんだよ」

「……『やっとかっこいいヘンリーに戻ったのね』って、耳元で言われた」

「……なるほど。ようやくスタートラインに戻ったと。そしてすぐに敗北したと」

「言うなよ……」

「エリン、今回で一気に顔が売れたな。ほら、囲まれてるぞ？」

ルーファス様の言葉に視線を巡らせると、お手洗い帰りのエリンがたくさんの男性に囲まれていた。高位貴族であると知ってか知らずか、丁寧《ていねい》に受け答えするエリンに皆、ずいずいと距離《きょり》を詰めている。

ヘンリー様が眉間《みけん》に皺《しわ》を寄せ、ガタンと椅子《いす》を鳴らして立ち上がった。私は息を呑《の》んで成り行きを見守る。

真っすぐエリンに向かって歩き、二重になったエリン周りの人垣《ひとがき》を押しのける。文句を言おうと思った者も、ヘンリー様の鬼気迫《ききせま》る表情を見て引き下がる。いつの間にか大衆食堂に不釣《ふつ》り合《あ》いな静寂《せいじゃく》が訪れる。

エリンとヘンリー様の周囲だけぽっかりとした空間ができた。ヘンリー様がエリンの目の前で、音もなく跪《ひざまず》く。そこにはいつものおちゃらけた雰囲気はなく、鍛え抜かれた騎士であるヘンリー様がいた。

「エリン、俺よりも強いエリンが好きだ。エリンの太刀筋《たちすじ》を死ぬまで見ていたい」

「へ、ヘンリー……」

エリンが藍色《あいいろ》の瞳を大きく広げ、口を両手で覆う。

「エリンに生涯の忠誠を誓うから……二度と間違えないから……俺と結婚してください」

ヘンリー様はそう言うと、エリンの左手を彼女の口元から引き下ろし、その指先に祈《いの》るようにキスをした。

エリンの瞳にはみるみる涙が溜《た》まり……ぽろりと頰に零《こぼ》れると同時に綺麗《きれい》に微笑んだ。

「はい」

エリンの返事はとても小さかったけれど、店内全ての人間がきちんと聞き取れた。

「「「「おめでと――――！」」」」

店内は一気に祝福ムード（とエリンにデートを申し込んでいた一部の男性陣《じん》の哀《あわ》れな嘆《なげ》き）に包まれた。

ヘンリー様はキスしたその指を自分の手に搦《から》め、もう一方の手で頭を掻《か》きながら、エリンと共に明るい輪の中心にいた。エリンは……人垣でポニーテールのリボンしか見えない。

「騎士の宣誓《せんせい》を陛下でなくエリンにするとか、団長にバレたら大目玉だぞ？」

「そうでしょうか？　騎士団長はエリンにとっても甘いようですよ」

そう言って、すっかり見えなくなった二人の方向を見て、笑った。すると、ルーファス様が私の目尻《めじり》に浮《う》かんだ涙を親指で拭《ふ》き取《と》る。

「まあピアが喜んでいるのならいいか。私の知ったことではない。店主！　今日の会計は私が全て持つ。皆、二人の門出《かどで》を楽しく祝ってほしい」

「「「うお――!!」」」

店中のテンションが爆《ばく》上がりし、ルーファス様に向けて万歳《ばんざい》三唱が行われた。店内は笑顔とおめでとうコールで充満《じゅうまん》し、私は今世初めて深夜までどんちゃん騒ぎに付き合った。

「ルーファス様、私もちょっとだけお酒を飲みたいです」

「ダメ」

ルーファス様はこのお祭り騒ぎにも、やはり酔《よ》っていなかった。

そして私のアンモナイトハンカチは、これ以降、ウンのつく幸福のハンカチと評判になるのだった……。

剣術大会の数日後、バナナとマンゴー味のキレンの実を使った栄養価たっぷりのアイスクリームが出来上がり、我が家に届けられた。私が以前手紙でお願いした、エリン命名『フィリップ殿下に栄養たっぷり氷菓《ひょうか》を差し入れ大作戦』に、カイルも学長も快く協力してくれたのだ。

帰宅して入浴後のルーファス様に味見をしてもらう。

首を突っ込むなと言われていたうえでのこのおせっかいは、ルーファス様にとって不愉快ではないだろうか？　エリンやマイクは大丈夫だと言ってくれたけれど……。不安が募《つの》り、彼に見えないようにテーブルの下で両手をぎゅっと握りしめながら見守る。

「うん、美味しい。甘いものが得意でなくてもこの冷たさでどれだけでも食べられるね」

寝間着に黒い薄手のガウン姿のルーファス様が、美味しそうにスプーンを進める。その様子を見て、ようやく全身に入っていた力が抜けた。

「どうでしょう？　フィリップ殿下に差し入れできそうですか？」

「父を経由して、外遊から戻った陛下に直接お渡ししよう。陛下が召《め》し上がって了承《りょうしょう》したものならば、フィリップ殿下に食べさせても誰も文句が言えないからね。陛下のスケジュールに合わせよう」

彼の言葉に計画の見通しがついてホッとした。口直しにお茶を淹《い》れて差し出す。

「ありがとう、ピア」

ふーっと大きく息を吐《は》いて一口お茶を飲み、親指で自身のこめかみをグルグルと揉《も》み解《ほぐ》すルーファス様。疲労《ひろう》が溜まっている様子。もう寝たほうがいい。でも……。

私はエリンの励ましを胸に、自分の気持ちを正直に言葉にすることを決意する。勇気を出してルーファス様の前に跪き、彼を見上げた。すると彼は安心させるように表情を切り替えた。

「あ、あのっ、私に思いつくことはお見舞《みま》いの食べ物くらいで、王族に直接関わるなというルーファス様のお言いつけに背くつもりはありません」

「うん。助かるよ」

ルーファス様が正面にある私の前髪を手慰《てなぐさ》みに整える。

「でも、ルーファス様の愚痴《ぐち》を聞くことくらいはできます。殿下のことに限らず、お仕事のことでもなんでも」

辣腕《らつわん》なルーファス様の力になれるなんて端《はな》から思っていない。

「私の前で、心配事を押し殺して無理して笑わないでいいのです。ここは自宅です。辛い時は辛いと、キツイ時はキツイと理由は言えなくとも口に出してみてください。そうすれば、少しだけでも気が晴れるかもしれないでしょう？」

ルーファス様はフィリップ殿下への面会申請《しんせい》を繰《く》り返しているけれど、日常では激務を粛々《しゅくしゅく》とこなしているようにしか傍目《はため》には見えない。

でも、時折眉根《まゆね》を寄せたり、右手で顔を隠したり、窓の外をじっと見つめたりしていることをご自分で気がついているだろうか？　本当はフィリップ殿下の不調に日々心を痛め、今後について言い知れぬ不安に襲《おそ》われているに違いない。

しかし私が話しかければ、それらを隠して優しく微笑んで消してしまう。

「私たちは……夫婦《ふうふ》だもの」

と尻つぼみに付け加えると、ルーファス様の手が私の顎《あご》にかかり、上を向かされる。

先ほどの笑顔は消えていて、大きく目を見開き私をまじまじと見たあとに、彼が探るような瞳で私を射抜《いぬ》く。

「……ま、まだ、正式に神に誓ってはいませんが、ねっ？」

つい無言のプレッシャーに耐《た》えきれず、軽口になってしまう。バカな私。

すると私の顎にかかったルーファス様の手のひらが、ゆっくりと私の頬を包んだ。

「……私が泣きごとを言っても、ピアは嫌いにならない？」

「な、泣きごとを言ってくれたほうが、人間味があってホッとします。ルーファス様の完璧さに常々神ではないだろうか？　とハラハラしてますから」

「そうか……夫婦とは……そういうもの……」

彼の言葉を理解する前に両脇《りょうわき》に腕を通されたと思うと、私はルーファス様の膝に跨《また》がるように着地していた。慌てる間もなく、ルーファス様の顔が、私の右肩に押しつけられた。

「……昔からフィルは……我々が思う以上に孤独《こどく》なんだ。常に他人の視線に晒されて、期待をかけられ、さりながら誰も救いの手を差し出すことはない。家族にも甘えられない。同じ毒クッキーの被害者であっても、私やヘンリーとはそこが大きく違う……」

ルーファス様が、ごく小さな声で零す言葉を、聞き逃すまいと必死に耳を傾ける。

「きっと今も、冷たくだだっ広いあの部屋で、一人……」

……ルーファス様は冷徹《れいてつ》だと思われている。それはクールな表情と厳しい発言が前面に出るからだ。でも一度懐に入れた人には、忠義を尽くす。本当はとっても……友を大事に思っている。

「ああ……」

ルーファス様が低い、うめくような声をあげた。

急いで彼の背中に手を回す。この苦しげなため息を聞く立場にいるのはこの世界で私だけだということに震《ふる》える。

ルーファス様が私を守ってくれるように、私がせめてルーファス様の心だけは守るのだ。大層なことはできっこないけれど、お話を聞いて、共感し、分かち合うことはできる。ルーファス様のサラサラなアッシュブロンドの髪の毛に頰を押しつけた。

「ルーファス様……一緒にいます……」

前世の辛い思い出と違い、私を選び、ずっと裏切らず私のそばにいて私を愛してくれるルーファス様。私のただ一人の人。

非力すぎる私だけど、決してルーファス様をひとりぼっちにはしない。

「ピア、ルーファス様のアイスの反応どうだった？」

カイルが、お手製の氷菓をできるだけ型崩《かたくず》れしないように箱詰めしながら問いかける。

「とーっても美味しいって。そして次の日体が軽くなったって言ってた！」

「それはよかった。きっとラグナ学長様の栄養エキスのおかげね」

急遽《きゅうきょ》パティスリー・フジの厨房《ちゅうぼう》に私は護衛のマイクとビルと共にお邪魔《じゃま》している。お義父様《とうさま》から連絡《れんらく》があり、氷菓を陛下にお渡しするのは今日ということになったのだ。

私はアカデミーから制服、メガネ姿のまま駆けつけた。

「カイル、そもそも冷凍庫《れいとうこ》もないのにアイスなんてどうやって作ったの？」

この世界はまだ冷凍庫はないし、ドライアイスもない。

「子どもの頃《ころ》、科学雑誌に自由研究のネタとして載《の》ってたの。氷にその量の三分の一程度の塩を混ぜると零度以下になって、その中でひたすらかき混ぜるとアイスができるって。その応用編を、あれこれ配分変えて頑張ってみました」

「すごい！」

「どれだけでも氷を使える立場だからできたことよ。本当にルーファス様様よ」

カイル考案の、内外全て銀紙で覆った箱に氷と塩を敷《し》き詰めた即席クーラーボックスに、作りたてのアイスを丁寧に梱包《こんぽう》する。あとは溶《と》ける前に届けるしかない。

「ではビル！　よろしくね。氷がきっとどんどん溶けるから平らに持っていって」

「はい！　行ってきます！」

ビルはクーラーボックスをさらに毛皮で包み、それを背負って、王宮に向けて馬で駆けていった。

「できるだけ早く、いい状態で食べてくれるといいなあ」

「大丈夫ですよ。旦那《だんな》様がピア様の心遣《こころづか》いを無にするわけがありません」

マイクが当たり前のようにそう言って頷いた。お義父様には最近お会いしていない。帰ったらお礼のお手紙を書こう。

「さあ、私たちも残りをいただきましょう。すぐ溶けちゃうもの。もったいないわ」

カイルの薦《すす》めに私とマイクはニヤリと笑って、いつもの二階に上がった。三人で半端《はんぱ》な量余ったいろんな味のアイスクリームを、我先に自分のお皿に載《の》せる。

「はあ、冷たい！　さっぱりする！　夏場は売れるだろうね！」

「売りたいけど、それこそ冷凍庫がないからねえ。作り置きできないんじゃ、販売《はんばい》できないわ。エリン様のところのように注文後その場で作る氷菓専属のシェフでもいないと」

「先ほどからおっしゃっている冷凍庫とは？」

そう言って不思議そうに首を傾《かし》げるマイクに説明した。

「真冬のスタン領の氷室《ひむろ》は氷点下二〇度くらいまで下がるでしょう？　あの環境《かんきょう》を人工的に作ったものが冷凍庫っていう夢の世界の設備なのです。ねーカイル！」

「ねー！」

「なるほど、では、我が領ならば作り置きできるのですね？」

「真冬ならね。でも真冬に食べたくなるものでもないでしょう？」

「いえ、鍛錬のあとの火照《ほて》った体には嬉しいですね」

確かに、前世でも真冬に温かい部屋で食べるアイスクリームは格別だった。

「そう？　じゃあ、カイルに作り方を教えてもらって、今年の冬は私が向こうで作って……」

「「やめて！　ピア（様）！」」

いくら私が料理下手の呪《のろ》い持ちでも、材料を氷の上のボウルの中で混ぜるくらいはできるのに……。

「そうそう私、来週から仕入れに出るから、今日声がかかってよかったわ」

「カイル、仕入れの旅ってどこに行くの」

「実はね、まだ私、小豆《あずき》を諦《あきら》めてないの。今回は南の農村部を攻《せ》めてくるわ」

「うわあ！　期待してるっ！　抹茶《まっちゃ》もいいけど本物の小豆のどらやき食べたーい！」

この世界は日本のアプリゲームに極《きわ》めて似た世界だ。前世の食材がきっとどこかで待っているると私も信じている。

「やっぱりこの気持ちわかってくれるのね！　それとね、フォスター修道院にも寄ってくるつもり。お菓子《かし》を持っていくと修道女の皆様、涙ぐんで喜んでくれてね……あの表情を見て、私は都度、お菓子作りの原点に帰るの。私の作ったお菓子でたくさんの人々を笑顔にしたいって……」

カイルの志の高さに胸が熱くなる。そしてフォスター修道院……キャロラインが生活しているところだ。カイルは転生仲間ゆえにひっそりと彼女に情けをかけている。

これは、またとないチャンスかもしれない。

「カイル……ちょっとお使い頼んでもいい？　修道院でキャロラインと内緒話《ないしょばなし》できる？」

カイルが怪訝《けげん》そうに私を見返し、マイクにも視線を送る。マイクに秘密にするつもりはないので、頷いておく。

「……畑の水撒《みずま》きのお手伝いをしながらとかなら、なんとか」

「あのね、例のクッキーの件なんだけど、実は前王太子殿下だけ回復が遅《おく》れているの。殿下にどのくらい食べさせていたか、ひょっとして殿下の分だけ〈マジックパウダー〉だけでなく特別製の毒を使っていたり、キャンディとか全く別の毒入りマジックスイーツを渡さなかったか聞いてきてほしい。でもこんなことを聞いて回ることこそが越権行為《えっけんこうい》かもしれないから、王家や医療師団には内緒にしていたいの」

　マイクが軽く手を上げて、口を挟《はさ》む。

「ピア様、それは……聞きようによっては王家と医療師団に不穏分子がいると疑っていると取れますが？」

「私はただ、王家に絡《から》んじゃダメってルーファス様に言われているから、関わり合いたくないだけ……」

　私は無意識のうちに疑っていたのだろうか？

　カイルとマイクが視線を交《か》わしている。

「OK、慎重《しんちょう》にチャンスを窺《うかが》って聞いてみるね。殿下の命がかかっているのならば、もちろん協力するわ」

「ありがとう、カイル」

　やがてカイルは二週間店を閉めて、仕入れの旅に出た。

気の早い蟬《せみ》がミンミンと鳴き始めた。アカデミーの学生たちはもうすぐ夏の休暇だ。窓の外を行きかう人々の着るものも薄くなり、なんとなくウキウキとした気分に包まれている。

しかし、私の気分はウキウキとは程遠《ほどとお》い。どこにも発掘に行けていないからしょうがないと言えばしょうがないのだが、今年度、大した研究成果を出せていないのだ。

この研究室にしがみつくために必要な論文を最低一本、休暇前までに書き上げる必要があったのに！　なぜならば、一年のうちで最大規模の学会があるからだ。

学会こそが研究者の発表の場。これまでは学生扱いということで論文の提出だけで免除《めんじょ》されていたのだが、今年からは発表もしなければいけない。研究者という肩書きと、素晴らしい環境を与《あた》えられている以上、甘えなど許されない。

ということで、これまでの研究で未発表のものを題材に、手直しを加えて発表することにした。

「ピア、この『治水のための人口湖の建設について』と『石油貯蓄岩《ちょちくがん》と目される石灰岩《せっかいがん》産地の地理的予測』を発表に使うのは待ってほしい」

「え？　どうしてですか？　そのあたりが無難だと思うのですが？」

「危険だからだよ？　ピア」

ルーファス様が、私がこれ！　と思う論文内容をことごとく否定する。

「危険って……危険を防ぐためのダムですし、石灰岩は案外安全なところで見つかりますよ？」

「うん。危険なのはモノや場所ではないんだ。それよりも、ピアには一番大好きなシダの化石あたりで聴衆《ちょうしゅう》を煙《けむ》に巻《ま》いてほしいかな」

「シダが一番好きというわけではありませんよ？　アンモナイトも……」

「ピア、シダ一択《いったく》だ」

結局話し合いの結果、まだ糞《ふん》しか発見されていないTレックスについて発表することになった。まあ、彼についてならいくらでも話せるからいいのだけれど。

「ピア、ドラゴンの糞の化石のことを彼と呼ぶのはやめたほうがいいよ。さすがに聴衆から白い目で見られかねない」

とにかく旦那様であるルーファス様のチェックが厳しすぎる。

学会当日、私はアカデミーの講堂のステージの袖《そで》でブルブルと震えていた。

いつもは学生やアカデミーの関係者しか入れないこの学舎だが、学会の研究発表は外部の先生も聞きにくるために聴講《ちょうこう》自由、出入り自由になる。大勢を前にステージ上で十分間も話すなんて地獄《じごく》でしかない。ああっ、もう次が私の順番だ！

「ルーファス様、メインの先生たちの発表は終わったし、少しは聴衆減ってますか？」

もちろん弱気MAXな妻を心配して、ルーファス様もそばで待機してくれている。彼はステージの向こうを覗《のぞ》きながら、

「いや？　逆に増えた。立ち見が出てるよ」

「……なんで？　はっ！　皆そんなにTレックスに興味を⁉」

「はあ。ピアを一目見に来たに決まって……いや、そうかもね」

なぜかルーファス様が私を見ずに返事をする。見ずに？　そうだ！

「ルーファス様！　いいことを考えました！　メガネを外せば人がジャガイモに見えて緊張しないかもしれません！」

「ダメ。その前の階段でつまずくよ。というか、ピアの素顔《すがお》を晒《さら》すなんてありえない。あ、司会に呼ばれた。ピア、紙に目を落としたまま棒読みでいいから！　愛想《あいそ》もいらんし、聴衆の反応も見なくていい。一気に朗読して帰ってこい！」

「は、はい！」

私はルーファス様に背中を押され、ヨロヨロと壇上に上がった。

ルーファス様に言われたとおり、ひたすら自分の文章を読み上げて、「以上です！」とおじぎをして頭を上げたら……結局、来賓《らいひん》席の学長はじめ多くの聴衆が寝ていた……。Tレックスの偉大《いだい》さがま――ったく伝わっていないではないか！

私が肩をがっくりと落としていると、パラパラとまばらな拍手が上がった。その音の出

所を探すと……やっぱり愛するエリンだ。隣のヘンリー様は腕を組んで寝ている。

そのすぐそばでローレン医療師団長もニコニコ笑って拍手をしてくれていた。今年の学会は生物学系の教授の特別講演が目玉だから、学長に招待されたのかもしれない。こんな末端《まったん》の研究者の発表まで、席を立たずに聴講してくれるなんて真面目なお方だ。

父と兄は資料を見ながら何か真剣に話している。

とにかく私の学会デビューを寝ずに見届けてくれた皆様の顔は生涯忘れない。そう思いながら、私は小走りに舞台袖《ぶたいそで》に戻った。

「ピア、お疲れ様。よく頑張ったね。一息つきたいところだろうけど、家に帰るよ」

「え？　今すぐですか？　エリンや父と話したい……」

「マイクの話ではベアードが来ているらしい」

またもベアード子爵……こんな大勢の中で何ができるわけでもないだろうけれど、ルーファス様が心配されるのはわかる。

「わかりました。ずっと緊張して寝不足なので、帰って寝ちゃいます」

「昼寝《ひるね》のあと、自宅でお祝いしようね。ピアの発表、私はとっても誇らしかったよ」

次の発表の邪魔にならないよう、ルーファス様が耳元でそっと褒めてくれた。気恥ずかしくなりつい俯いた。私の長年の研究と頑張りが……ちょっぴり報《むく》われた。

マイクに先導され、私たちはアカデミーを後にした。

学会疲《づか》れが取れた頃、小豆行脚《あんぎゃ》の旅から戻ってきたカイルに呼ばれて、ルーファス様と共に閉店後のパティスリー・フジを訪問した。

「ルーファス様、氷やミルクといった貴重なものを、優先的に卸《おろ》してくださりありがとうございます。結局のところ、お菓子の味は職人の腕というよりも丁寧に育てられた素材の良さが全てなのです」

「カイル、下手な謙遜《けんそん》をするな。こちらこそ、あの氷菓は陛下からお礼の言葉を賜《たまわ》っているよ。うちの御用達《ごようたし》の下、素晴らしい仕事をしてくれてありがとう」

大好きな二人が会うたびに打ち解ける様子を見て嬉しくなる。

そう、先日カイルに作ってもらい王宮に届けたアイスクリームは無事陛下の下に届き、味見をしていただいたうえで、フィリップ殿下に渡ったのだ。

『ルーファス、ピア、氷菓美味《うま》かった。私が味見してすぐにフィルに食べさせたよ。久しぶりに笑ってくれた。いろいろと心配をかけてすまない。妃《きさき》がガミガミ言っておったが、お前たちを信じずして誰を信じろというのだ。それに、あの氷菓はパティスリー・フジのものなのだろう？　あそこを見つけたのはピアより私のほうが先だからね！　大ファンなんだ』

という陛下からの手紙……というよりもっと気楽なメモ書きを、お義父様経由でいただいた。きっと公務の合間に書いてくださったのだろう。私とルーファス様は、互《たが》いの肩に顔を埋《うず》めてホッとしたものだ。

「カイル、修道院ではキャロラインに会えた？　彼女には転生……予言者仲間だって話したの？」

ルーファス様に聞かれても大丈夫なように、あれこれぼかして質問する。

「話してないし今後も話さないわ。私はただの素材調達のついでに慰問《いもん》に来たお菓子屋さんよ。でも今回のことでルーファス様……スタン侯爵家と繋がりがあることは教えました。よろしかったでしょうか？」

「構わない。王家を介《かい》さず直接情報が手に入り助かるくらいだ」

ルーファス様がカイルの淹れてくれたお茶を優雅《ゆうが》に口にした。

「では、早速ですがフォスター修道院でキャロラインに面会してきました。フィリップ殿下へ渡した例のクッキーの量なんだけど、彼女が言うには殿下にたくさん渡したかったのはやまやまだったけど、実は四人とも同じくらいしか渡していないんですって。なぜならば、殿下は公務で登校しない日も多かったから。それに殿下の場合、必ず毒見されていたので、他の皆様と比べて半量くらいしか食べてないいんじゃないかなって」

毒見？　言われてみれば当然だけれど、毒見係の皆様は大丈夫だろうか？　あとで、ルーファス様にお願いして調べてもらおう。

「逆に、ガイ様とジェレミー様はアカデミーで捕《つか》まえやすく渡しやすかった。ヘンリー様は終盤《しゅうばん》食堂に来なかったから他三人よりも量は少ない。彼女の推測だとガイ様は授業などの拘束《こうそく》時間が長いから、結局一番彼女のクッキーを食べたのはジェレミー様に違いない、ということよ」

しかし、先日の剣術大会で見たとおり、そのジェレミー様がヘンリー様に次いでピンピンしていた。

「殿下の分だけ〈マジックパウダー〉の含有量《がんゆう》が違うとか、さらに別の毒も上乗せしたというようなことはないのだろうか？」

「クッキーは一気にどさっと作って、無作為《むさくい》に袋詰めしたそうです。だからそれはないでしょう。クッキー以外のお菓子を作ってもいないし渡してないって。私もベータ版でそんなスチル……予言は見ていないわ」

キャロラインは借金を抱えたラムゼー男爵家《だんしゃくけ》の養女だ。数回に分けて悠長《ゆうちょう》にお菓子を作る時間などなかったかもしれない。他のお菓子説は私の考えすぎだったようだ。

他の毒やお菓子はなし。〈マジックパウダー〉の含有量も一定。クッキーを食べた量も推測ではあるが、ヘンリー様を除く他三人よりも少なめ。やはりフィリップ殿下だけ回復が遅《おそ》いのはおかしい。もともと毒の抜けにくい体質？　それとも各人の解毒《げどく》過程になんらかの差をつけられた？

「あの……こんなことを言うと気を悪くするかもしれませんが、キャロライン、真っ青になって殿下の心配をしていました。一時期ではあるけれど、毎日一緒にいて、確かに互いに楽しい時間もあったから、と」

「あれだけべったり過ごしていたんだ。そのくらいの情は当然だろう」

情か……。ルーファス様の言葉で、私の心にちょっと曲がった考えが浮かぶ。

「ルーファス様、聞き捨てていただいて構いませんが、ジェレミー様は医療師団長の子。自分の息子にだけ、特製の薬を作ってやった、ということは考えられないでしょうか？　だってキャロラインの話では、ジェレミー様が一番毒を体内に取り入れているんですよ？　あの回復ぶりは親によって贔屓《ひいき》されたから……いえ、すみません。やはり医療師団長ほどのお方が情で動くなんてことは……ありえませんよね」

「……いや、そうとは言いきれない。医療師団長も人の親だ。我が子可愛さに特別扱いした、ということも考えられる。なるほど、ローレン医療師団長ね……」

ルーファス様がひじかけに頬づえをつき、視線を落とした。

「はーい！　難しい話は終わりよね？　今日はお二人の疲れが取れるように、ビタミンたっぷりのジュレを作ったわ。召し上がれ！」

カイルが重苦しくなった空気を吹き飛ばしてくれた。

「うわあ、透明《とうめい》とオレンジ色の二色になってる！　おしゃれだね。ルーファス様の好きな柑橘類《かんきつるい》ですよ。いただきましょう」

「うん……あ、さっぱりして美味しい。さすがカイルだ」

いつものことながら、カイルのお菓子こそ元気の出る〈ミラクルスイーツ〉だ。


帰宅後、二人で軽めの夕食を取ったあと、私は翌日の準備を済ませてサラにルーファス様の様子を聞いた。書斎《しょさい》にて書類仕事中とのこと。

「サラ、今日はルーファス様もいらっしゃるし、もう下がっていいよ」

「わかりました。それではピア様、おやすみなさいませ」

私はガウンを羽織って階下に下り、書斎をノックするとマイクがドアを開けてくれた。

「ピア……そんな格好で部屋を出るなと言ってるよね？　って、ああもうこんな時間か。私に挨拶に来てくれたのか。ごめん。マイク、戸締《とじ》まりよろしく」

夏なのに長袖《ながそで》でくるぶしが隠れる長さのナイトドレスにガウン姿の私は、修道女よりも慎《つつ》ましいのでは……。と思っていたら、ルーファス様の腕が私の膝裏に回り、さっと抱《だ》き上げられた。マイクが扉《とびら》を大きく開く。

「マイク、続きは明日。おやすみ」

「おやすみなさいませ」

「ル、ルーファス様、ここ、家の中！　歩けます！」

「ダメ。寝間着《ねまき》姿のピアを、私が歩かせるわけがない」

ルーファス様はますます私を引き寄せて、トントンと階段を上り私たちの部屋に入った。

そしてソファーに座り、私をそのまま横抱きの格好で膝に乗せる。

「で、ピア、私に何を話したかったの？」

私はここ数日思い悩《なや》んでいたことを、二度目の勇気をかき集めて口にした。

「あの、紙だけの結婚では私の身分が安定しないから、一日でも早く神殿《しんでん》での挙式を、とルーファス様が準備をしてくださってることはわかってます」

「……うん？　私が挙式にこだわるのはピアを名実共に手に入れたいからなんだが……まあいい、続けて」

「ルーファス様はじめ、お義父様お義母様《かあさま》、トーマさん、準備を進めてくれた皆様にご迷惑をかけてしまうことは本当に心苦しいのですが、挙式と披露宴《ひろうえん》は、フィリップ殿下が元気になってからするように変更できないでしょうか？」

「ピア……」

ルーファス様がゆっくりと自らの額を押さえ、目を閉じた。

「今回王都に戻ったのはフィリップ殿下の様子を確認《かくにん》するためでした。そしてこんなおかしな状況を知った以上、今挙式したところで純粋に喜ぶことなどできません。ルーファス様だって……殿下のことが心配で心配でしょうがないでしょう？」

「……」

「ルーファス様が私を危険から遠ざけたいがために王家に関わるな！　とおっしゃったのはわかっていますし、それでいいです。でも、フィリップ殿下の回復を妨《さまた》げる犯人にルーファス様が対峙《たいじ》するならば、私に、ルーファス様の背中を支えさせてください」

「……表に出ずに、ひたすら私を信じて、ただ支えると？」

ルーファス様が眉間に皺を寄せて、私の瞳の奥の奥まで見つめてくる。私は下唇を噛《か》んで、なんとか持ちこたえる。

「だって、私たち、書面上だけだとしても……夫婦ですもの……」

アシュリー神官長も言っていた。「新米の夫婦は互いによく相談して、一つ一つ丁寧に問題を解決していけばよい」と。いっぱい話して、二人の折り合いのつく地点を見つけて、一緒に乗《の》り越《こ》えていけたら……。

「敵《かな》わないな、ピアには」

ルーファス様はこつんとお互いの額を押し当て、表情を緩《ゆる》めた。

「わかった。延期にしよう。じゃあそうだな……冬までにこのフィリップ殿下の体調問題に片をつけることを賭《か》けようか？　でも夫婦だから抜け駆け禁止。一緒に協力しながらだ。

解決の糸口を先に見つけたほうが勝ち。敗者は勝者に今考えうる最高のプレゼントを贈《おく》る、でどう？」

ああ、よかった、受け入れてくれた。私はホッとしてちょっと涙目になってしまった。

「その賭け、当然受けて立ちます。ルーファス様からいただける最高のプレゼント？　何かな～？　負けるつもりはありませんが、一応ルーファス様の欲《ほ》しいものを教えてください。リクエスト受付中です」

私はあえておどけてそう言った。

「最高のプレゼントはね……本当はとっくに受け取っている」

「あ……」

額を離《はな》したルーファス様は一度伸《の》び上がると、私をソファーの背に押しつけた。そして覆いかぶさるようにして、ついばむような短いキスを何度も角度を変えて繰り返す。

「るーふぁす……さま……」

彼の左手が私の髪をこめかみから後ろにすいて、頬に戻ってくる。

「ピア、好きだ。弱い私をピアのキスで慰《なぐさ》めて」

弱くなんてないでしょうと反論したかったけれど、私の唇《くちびる》は再び塞《ふさ》がれてしまう。どこか余裕のない様子の彼に、私はぎゅっとしがみついた。私の想《おも》いが全身から染《し》み渡り、殿下を想って疲弊《ひへい》しているルーファス様の、エネルギーになるように。

第四章 フィリップとの面会

アカデミーは夏の休暇《きゅうか》に入った。

ルーファス様はフィリップ殿下《でんか》に短時間でいいからと面会を願い出続けているが叶《かな》わぬままだ。

「ひょっとしたら、ますます悪化している？　だとしたらなぜ学長にも会わせない？　それとも本当は回復しているのに、なんらかの事情で伏《ふ》せられているのだろうか？　一体何がフィルの周囲で起こっている？」

夕食後の二人きりの時間、ルーファス様がイライラと書斎《しょさい》を行きつ戻《もど》りつして呟《つぶや》く。その様子にハラハラしつつも、現状と、自分の不安を私に教えてくれることが……ちょっとホッとする。

王宮でエドワード王太子殿下に兄殿下の様子を聞こうにも、まだ学生という身分の殿下が公務に割《さ》ける長期休暇は貴重だ。新しい王太子の顔見せとして、アメリア様と共に精力的に外遊中だ。

そういえば〈マジキャロ〉の攻略《こうりゃく》対象者ではないのに、とばっちりで毒クッキーを食べてしまったフィリップ殿下の毒見係の皆様《みなさま》は、今のところ元気に働いているそうだ。そもそも体に毒を慣らしているし、五人で分担していたし、一回につき一枚程度だったからだろう、というルーファス様の弁。念のために学長が自ら調合した薬をこっそり渡《わた》すと、とても喜んで飲んでくれたそうだ。

ルーファス様の推測に、重大な事件が現在進行形で進行しているのかと不安になる。少し俯《うつむ》いただけなのに彼は即座《そくざ》に気がついて、私の肩《かた》を抱《だ》いた。

「とにかくピア、私やマイクから離《はな》れてはいけないよ。これまで以上に気をつけてね」

「ルーファス様も気をつけてください。陰謀《いんぼう》にも……ハニートラップにも！」

「大丈夫《だいじょうぶ》だよ。私の心はものの十歳で、澄《す》んだ薄灰《うすはい》色の瞳《ひとみ》に一〇〇パーセント魅了《みりょう》されてしまってる」

「なっ！」

ルーファス様は私が一人で落ち込む隙《すき》を与《あた》えない。

やがて暑さはますます厳しくなった。例年夏は涼《すず》しいスタン領で過ごしていた私は暑さにめっきり弱い体になっていて、全く使い物にならない。

しかしその猛暑《もうしょ》が思わぬ機会を連れてきた。

「ピア、明日フィリップ殿下との面会が許された。殿下ご自身が暑いから再び氷菓《ひょうか》を届けるようにと、命令されたそうだ！　よかった……」

よほどのことでなければ動じることのないルーファス様が、顔いっぱい安堵《あんど》の表情を浮《う》かべている。そのお気持ち、私も一緒《いっしょ》だ。

「ではカイルにいっぱい作ってもらいましょう。最高に美味《お》しいやつをお願いねって」

「うん。それと、前回の学長の栄養剤《えいようざい》も混ぜ込んでほしい。この機会を逃《のが》すといつになるかわからない。フィル……待ってろ」

「ルーファス様、元気づけてさしあげてくださいね。皆が回復した殿下を待っていると」

「え？　ピアも招かれてるよ。一緒に参内《さんだい》するようにって」

……なんですと？


翌日、カイルが張り切って作ってくれた色とりどりの氷菓を前回のクーラーボックスに入れて、私にとってはエドワード殿下の立太子の儀《ぎ》以来の王宮にやってきた。

そして、王宮のプライベートスペースに足を踏《ふ》み入れる。小市民の私は正直なところ、ビビりまくっているのだが、今日の目的はお見舞《みま》いなのだ。くだらないことを考えないようにして、ルーファス様とマイクの間を粛々《しゅくしゅく》と歩く。

お見舞いということで、私は華美《かび》にならぬよう、飾《かざ》り気《け》のないグリーンのワンピース姿。エメラルドは、家紋《かもん》のようなものだからとルーファス様に言われ、身につけている。

ルーファス様はいつもの仕事着だ。特別感なく、日常の延長のような雰囲気《ふんいき》が大事なのかもしれない。

迷路《めいろ》のような王宮通路を使用人の案内で歩くと、白く大きな扉《とびら》に辿《たど》り着く。

使用人がノックすると中から扉が開かれ、年配の従者に入るよう促《うなが》された。私はルーファス様とマイクに挟《はさ》まれたまま、中へと進む。

室内は壁際《かべぎわ》に整然と優美な家具が並んでいるようだが、いかんせん薄暗い。ルーファス様が視線を巡《めぐ》らせたあと、従者の背中を睨《にら》みつける。

入り口から一番遠い場所に深紅《しんく》の天蓋《てんがい》つきのベッドがあり、その横に配置された椅子《いす》に腰《こし》かけるように示される。私たちが並んで座ると、従者は慎重《しんちょう》にベッドのカーテンを開けた。

あの婚約破棄《こんやくはき》のパーティー以来、約一年半ぶりのフィリップ殿下が、随分と長くなった紫紺《しこん》の髪《かみ》を真っ白なシーツに広げてお休みになっていた。頬《ほお》がこけ、陶器《とうき》のような白い肌《はだ》は少し黄色くくすんでいるような……内臓の働きが損《そこ》なわれているのだろうか？

「……お休みになっているのなら、出直すが？」

ルーファス様が殿下を起こさぬよう、注意を払《はら》って小声で尋《たず》ねる。

「いえ、宰相《さいしょう》補佐がお見えになったら起こすように言われております。殿下、お客様が到着《とうちゃく》されました」

殿下の睡眠《すいみん》は浅かったようで、一瞬《いっしゅん》顔をしかめたのちにすぐに目を開けた。ジョニーおじさんと同じ、王族特有のルビー色の瞳だ。ゆっくり首をこちらに回す。

「……よう。ルーファス。来たか。悪いが体を起こしてくれ」

「殿下！　寝《ね》ていなければ」

「寝たまま話せるわけがないだろ？　ルーファス、手伝え」

「わかった」

ルーファス様は視線で従者を下がらせて、自ら殿下の背中を抱き起こし、殿下の背中にたくさんの枕《まくら》やクッションを当てて、ヘッドボードに寄りかからせた。そして自分もベッドに浅く腰かけて、殿下に腕《うで》を回し念のために支える。

「ありがとう。ルーファス、例の氷菓子《こおりがし》は持ってきてくれた？」

「この暑い中、溶《と》けないように運ぶのは大変だったぞ！　急いで食べてくれ。マイク、こっちへ持ってきて」

「で、殿下！　予定にないものを口に入れてはなりません！　もし怪《あや》しい成分が入っていたら……」

当然ルーファス様が皆まで言わせるはずがない。

「おい、私が殿下に毒を盛るような愚《おろ》か者《もの》だと言いたいのか？　しかも、毒騒動《そうどう》の被害者《ひがいしゃ》である私が？」

「い、いえ滅相《めっそう》もありません。ただ私はルール上……」

殿下がけだるそうに従者の発言を遮《さえぎ》った。

「はあ。少し下がっていてくれ。せっかく友人を招いて晴れやかな気持ちになったのに、お前の小言で台無しだ。私はしばらく友人たちと水入らずで話したい。人払いを命じる」

「な、なりません！　王妃《おうひ》様が……」

「お前は私の従者だろう？　私の命令が聞けないのかな？　そもそもルーファスが私を殺して得になることなどない。葬儀《そうぎ》の手配で面倒《めんどう》な仕事が増えるだけだ。それにこの二人は夫婦揃《ふうふそろ》って陛下のお気に入りだよ？　お前、陛下にケチつける勇気があるの？」

殿下の声はとても小さかったが、確かに人を従わせる何かがあった。

「そ、そんなわけでは」

「安心しろ。ただ幼馴染《おさななじ》みと気の置けない話をしたいだけだ。それに陛下の影《かげ》は常に私についている。皆、下がれ」

陛下の影とは国王陛下直属の精鋭《せいえい》の護衛集団だ。キャロラインの牢《ろう》を訪《おとず》れた時、牢番《ろうばん》に扮《ふん》して私を守ってくれたのもその中の一人だった。彼らは国王陛下の命令しか聞かず、そこで見聞きした情報は全て陛下の耳に入る。

この部屋のどこかに潜《ひそ》む陛下の影。陛下がフィリップ殿下に彼らを張りつけるのは当然の差配だ。陛下にバレて困る会話をするつもりはないし、逆に滞在《たいざい》中の私たちの潔白が証明されて助かるだけだ。

従者はじめ、お茶の準備中だった侍女《じじょ》など、室内にいた者はしぶしぶという体《てい》で出ていった。

「マイク、荷物をピアに渡して、君もドアの外で待ってて」

公平さを期すため、ルーファス様がマイクも退出させた。

私は応接テーブルに移動し、マイクから受け取った氷を敷《し》き詰《つ》めた木箱の蓋《ふた》を開けた。

先ほどの話からも、こちらでアイスクリームを食べるとの連絡《れんらく》は行き渡っていなかったようで、この部屋には器《うつわ》の準備がなかった。私は開き直って、お茶のために用意されていたティーカップにティースプーンでアイスをよそってトレーに載《の》せ、小走りで殿下に差し出した。

「殿下、お待たせしました。お好きなものを選んでください」

一つのカップにつきそれぞれ違《ちが》う色味のアイスクリームが三種類入っている。

「白と、黄色と、緑？　ちょっと味の想像がつかないけど私はこれにしよう。ねえ、ピアと呼んでもいい？」

「もちろんで……」

「ダメだ！」

ルーファス様の冴《さ》えた声色《こわいろ》に、殿下がスプーンを握《にぎ》ったままポカンとした。

「ルーファスには聞いてない。本当にお前、心が狭《せま》いな？　ピアの許可を取れたから、私もピアと呼ぶね」

私は高速で頷《うなず》いた。

「ちっ！」

ルーファス様が舌打ちを隠《かく》そうともしない。絶好調だ。

「ピア、ではいただきます」

黄色のアイスを一さじ口に入れた瞬間《しゅんかん》、殿下は両目をぎゅーっとつむった。

「冷たーい！　……ふう、美味しい。これは南国の果物？」

「はい。ホワイト侯爵《こうしゃく》領の名産なのです」

「ああ、エリンと仲がいいんだったね。エリンは真っすぐでいい子だよね。ヘンリーと婚《こん》礼《れい》が決まったって？　来年の初夏予定だったっけ？　よかった」

殿下は病床《びょうしょう》にありながら、友人の近況《きんきょう》をきちんと把握《はあく》していた。次に殿下は緑色のアイスを口に運ぶ。

「……なんだこりゃ？　苦くて甘いよ。面白《おもしろ》いね。ああ、久しぶりに食が楽しい。正直なところ最近は食事に興味がなくて……。でも先日これを陛下に、『騙《だま》されたと思って食べてみろ』と言われて食べたらスルッと呑《の》み込めて、そして気のせいか体が軽くなってさ。これならばまた食べてもいい、と今日はわがままを言ったわけ」

このアイスには、学長が殿下を思って作った特製栄養剤が混ぜ込んである。効果があったとしたら大成功だ。

「フィル、こんな薄暗い部屋にいては食欲など湧《わ》くわけがない。光で頭痛が起きるといった症状《しょうじょう》がなければ、日の光を浴びて日常の時間帯を意識した生活をしたほうが、社会復帰しやすいと、中毒回復に関する本に書いてあったし、うちの医療師《いりょうし》も言っていた」

ルーファス様、最近難しい顔をして見慣れない厚い本を読んでいるなと思っていたけれど……殿下の回復のために、専門外の知識を身につけていらしたのか。

「そうなのか？　とにかく暗くして睡眠を取れと言われ……」

「一日中寝ていては、そりゃ空腹にならないし、浅い眠《ねむ》りで不安にもなる。フィル、常識的に考えろ！」

「……ピア、カーテンを開けて、空気を入れ替《か》えてくれる？」

「はいっ！」

私はバルコニーに続く大きな窓のカーテンを一気に開けた。午後の光が室内に射し込む。そして窓を開けると真夏のムッとした湿《しめ》った空気が入り込み、室内の籠《こも》った陰気《いんき》な空気を追い出した。

「暑いな」

明るくなって改めて見た殿下はすっかり筋肉が落ちて、肌が黄色味を帯びているだけでなく、ざらついているのがわかった。私はショックを悟《さと》られぬように、俯いてルーファス様にもトレーを差し出す。

「氷菓は暑い時に食べるのがいいんだ」

ルーファス様がカップを一つ受け取りながら、専門家のようにそう言うと鼻で笑った。

「え、ルーファスお前も食べるの？」

「当たり前だろ？　溶けたらもったいない」

そう言ってパクっと食べる。ルーファス様が選んだティーカップは殿下と全く同じ配色のものだった。順序は違うけれどさりげなく毒見をしているのだろう。

私も残ったカップを手に取って椅子に座った。私のアイスは紫《むらさき》と白とピンク。紫は前世で言うカシスの味だった。冷たさに思わずぎゅっと目を閉じて開くと、殿下と目が合った。

「ピア、ルーファスと共に事件解決に尽力《じんりょく》してくれたと陛下から聞いている。ありがとう。昔、ピアのことを病弱と言って、ルーファスとアメリアを怒《おこ》らせたことを思い出した。結局誰《だれ》より自分が病弱になってしまったな」

殿下は空になったカップをルーファス様に渡すと、毛布の中で片膝《かたひざ》を立て、窓の外の入道雲を見つめた。

「ピアは今ではすっかりアメリアと友達だと聞いた。私の言えた義理ではないが、アメリ

ア の立場は今後ますます苦労の多いものになる。是非《ぜひ》とも彼女を支えてやってほしい」

「アメリア様のこと、尊敬しておりますし……単純に大好きです。私などでよければずーっとおばあさんになるまでお友達として呼び出してほしいと願ってます」

私はカップをサイドテーブルに戻し、勢《いきお》い込んでそう伝えた。そして、今もこのようにアメリア様を気にかける殿下の様子に、ちくっと胸が痛んだ。

それが表情に出てしまったのか、殿下が困ったように笑った。

「ああ、大丈夫。私はアメリアと弟の婚約を本当に喜んでいるから。今、アメリアへの感情は同志としての友情だけだ。だって私はキャロルに恋《こい》していたからね。本当に……好きだったんだ。あの自分の想《おも》いが嘘《うそ》だったのだとしたら、もう、自分すら信じられない」

キャロラインのことを、キャロルと愛称《あいしょう》で呼んでいたのだ。キャロラインも確か、殿下のことをフィルと、ルーファス様や近しい人の間だけに許された愛称で呼んでいた。

「今日二人を呼んだのはこの氷菓を食べたかったのもあるけれど、これを渡したかったんだ。はい、結婚《けっこん》おめでとう」

殿下はそう言うと、枕の下から茶封筒《ちゃぶうとう》を取り出し、ルーファス様に手渡した。ルーファス様が訝《いぶか》しげな表情でクルクルと紐《ひも》をとき、中から数枚の紙を慎重に取り出した。

「……サフィール地区の土地だと？」

ルーファス様の戸惑《とまど》った声色に驚《おどろ》き、私も思わず隣《となり》から覗《のぞ》き込む。その紙は殿下からルーファス様への土地の譲渡《じょうと》、所有権の移行に関する覚書と、土地の権利書だった。サフィール地区は王都のど真ん中。国一番の一等地だ。

「ルーファスに下手な祝いは贈《おく》れないだろう？　私にだって見栄《みえ》がある。陛下には許可を取ってあるし、王妃殿下に知られると面倒だから、人払いした」

結婚祝いを渡すために、氷菓を口実に私たちを呼んでくださった？　それにしてもサフィール地区の土地なんて、破格すぎる。そしてきっと面倒な手続きもあったはずだ。それだけで殿下のルーファス様への信頼《しんらい》の厚さを、友情を、推《お》し量《はか》ることができる。

「スタン領は遠い。とても結婚式には行けそうにないから……これが最後かもしれないと思って、自分の手で二人に渡したかった。ピア、ルーファスをよろしくね。私がいなくなったらルーファスとふざけられる人間は、もうヘンリーしか残らない。エドワードは年下だしルーファスを崇拝《すうはい》してるからね。私の親友をくれぐれも頼《たの》む……」

殿下はそう言うと私に向かって儚《はかな》げに微笑《ほほえ》んだ。

あまりの言葉に私の頭は真っ白になり、返事の言葉も見つからない。嘘でしょう？　この破格の贈り物は……形見分けのつもりなの？　そんな悲壮《ひそう》な覚悟《かくご》で私たちを呼んだの？

「……ふざけるな」

ルーファス様が低い、どすの利《き》いた声で場を制した。そっと彼を見上げれば、顔を真っ赤にして見たこともないほど怒気《どき》を露《あらわ》にしたまま殿下を睨みつけている。

「私とピアの結婚を祝うつもりがあるのなら、スタン領での結婚式に参列しろっ！　その時にしか、祝いなど受け取らん！」

「行けそうにないんだ！　ルーファスだってわかるだろう⁉」

「わからないね。なぜ行けないと決めつける？　なぜ健康を取り戻した時のことを考えない！」

「お前に何がわかる！　こんな体では民《たみ》のために働くこともできない。そのためだけに幼い頃《ころ》から努力してきたというのに！」

「体調に関しては確かに私にはわからない。しかし……」

ルーファス様の言葉の途中《とちゅう》なのに、気持ちが昂《たかぶ》った殿下がそれを遮った。

「おまけにキャロルだけでなく、気がつけば信頼していた人間がどんどん離れていった。民からの信頼も失った。私に、私に期待されることなど、もはや何もないではないかっ！」

殿下の言葉はもはや悲鳴と同じだった。

「フィル……」

互《たが》いに言いすぎた二人が俯いて、沈黙《ちんもく》が立ち込める。引きこもりでコミュニケーション下手の私にはどうしたらいいかわからない。

でも、どちらも悪くないのはわかる。二人とも、互いに大事に思い合っているからこそ、れなくて、もどかしいのだ。

とにかくケンカ別れだけはダメだ！　なんでもいい。くだらなくていい。私が道化《どうけ》になればいい！

私は一世一代の大芝居《おおしばい》に、えいっと飛び込んだ。

「で、ではフィリップ殿下、私の期待に応えてくださいませんか？」

「ピア？」

ルーファス様が何事かと私の表情を窺《うかが》う。

「ご存じかどうかわかりませんが、私の将来的な最大の夢は、このアージュベール王国に世界で唯一《ゆいいつ》の化石ミュージアムを作ることなのです！」

「えっと……そうなんだ。貴族のご婦人としては稀《まれ》なる夢だね。その夢に全くルーファスの影も形もないのも斬新《ざんしん》だ。いいのかルーファス？」

「……ピアだから、いいんだよ」

殿下もルーファス様も、とりあえず私の会話に乗ってくださった。このお方たちは育ちがいいから、女性をないがしろにすることなど絶対にないのだ。

「殿下にはそのミュージアムの名誉《めいよ》館長に是非なっていただきたいのです！　国民に慕《した》われ博識でハンサムな殿下が広告塔《こうこくとう》になって、化石の有益性を語ってくださったら、資金がバンバン集まること請け合《うあ》いです。ミュージアムの仕事は多岐《たき》にわたっていますから、今日のように体調が万全《ばんぜん》でない時は内勤で地図に等高線を引いてもらうこともできますし、元気な時は一緒にフィールドワークをしましょう！　あ、そういえば！」

　私はテーブルに置いたもう一つの袋《ふくろ》を持ってくる。

「殿下、これはオルゴールと言いまして、ゼンマイを巻くと美しい音楽が流れます。殿下の退屈《たいくつ》しのぎになればと兄から預かりました。そうだ！　ここで治療《ちりょう》中はオルゴールを聞きながら、館長に就任した時に行きたい場所にチェックをつけて過ごしたらどうでしょう？　はい。こちら、アージュベール王国の地図のマル秘最新版です。このペンもついでにどうぞ。筆力のない私でも書きやすい優《すぐ》れモノなのです」

　再び沈黙が立ち込めた。試《ため》しに流したオルゴールから、兄チョイスの誰もが知る古典音楽が繰《く》り返《かえ》し繰り返し奏《かな》でられる。

　会話を畳《たた》み込みすぎただろうか？　全く、引きこもりが久しぶりに話すと、緊張《きんちょう》して早口になって言わないでいいことまでペラペラと口から飛び出すからいけない……。

　私は何食わぬ顔を装《よそお》いながら、内心冷《ひ》や汗《あせ》をだらだら流し、視線をあちこち彷徨《さまよ》わせていた。やがてオルゴールがカチャリと切れた。終わった……。

　すると、「ぷっ」と噴《ふ》き出《だ》すような音が、正面のベッドから聞こえた。いやいや土族が噴き出すような下品な笑いをするわけないよね、と思いつつも俯く殿下の様子を窺う。

「く……くくくっ！　はーっはっは！　大人しいご令嬢《れいじょう》だとばかり思っていたら、ピア、君、得意分野では人が変わるんだね！　まさか私に同情ではなく仕事を向けてくるやつがいるなんて……ルーファス、こんな愉快《ゆかい》な女性、よく発見したな。私にピア博士の助手になって国中を測量して回れってこと？」

爆笑《ばくしょう》する殿下を見て、ルーファス様の表情からこわばりが取れた。

「ピア……」

「だ、だってルーファス様、殿下は誰よりも我が国を愛してらっしゃるとアメリア様から聞いたもの。この国のことを隅々《すみずみ》まで知ることは、殿下にとって喜びではないかと思って……まるっきりの冗談《じょうだん》でもないのです……」

助手になってほしいなんてもちろん思ってない（名誉館長は案外本気だけれど）。ただ、国中を旅行できるくらい元気になってほしいのだ。

「殿下、私と一緒に殿下の愛するこの国の、まだ明かされていない秘密を探求していきませんか？」

殿下はひとしきり声をたてて笑ったあと、慈悲《じひ》深《ぶか》い笑《え》みを浮かべた。

「そうだね……王太子ではなくなり、人前に出ることはなくなるも、愛する我がアージュベールを豊かにするために、貢献《こうけん》していくか……ピア博士と共に」

「は、はいっ！」

私と殿下ががっちり固い握手《あくしゅ》を交《か》わすと、ルーファス様が「長いっ！」と乱入して、殿下の手を振《ふ》り払った。

「はあ、全く。だいたいなぜそこまでフィルは悲観的になっているんだ？　学長は絶対に完治させられると太鼓判《たいこばん》を押しているんだぞ？」

　ルーファス様が前髪をかきあげながら、殿下を睨みつけた。

「ずっと吐《は》き気《け》やら不安感やらで眠りが浅いから……たまに母……王妃殿下のすすり泣きで目を覚ますんだ。『もう長くはない』、『覚悟しておいたほうがいい』なんて会話を医療師団長としているのが、とぎれとぎれに聞こえてね……」

　殿下がバツの悪そうな様子で、ルーファス様相手だからこそ内幕を教えてくれる。そんな殿下にルーファス様は、一切《いっさい》手加減しない。

「私ならば、状態が変わらないのに思い切った治療方針の変更《へんこう》もしないやつらよりも、絶対に治すと言いきる旧知の学長を信じるけど？」

「…………」

　考えあぐねる殿下に、ルーファス様がすかさずダメ押しする。

「フィル、この一向に改善しない状態への科学的な説明もせず、悲観的なことばかり寝耳に吹《ふ》き込む医療師団の治療に、今後も従い続けるのか？　今、私を信じ、学長に助けを乞《こ》えば、私の生涯《しょうがい》の忠誠が手に入るぞ？　どうする？」

　すると殿下は両目を細めて、逆にルーファス様を睨みつけた。

「お前の忠誠は我が弟エドワードにやってくれ。そんなものがなくとも……私はルーファスを出会った時から信じている」

ルーファス様が、意表を突《つ》かれ瞠目《どうもく》した。

「お前だけだ。大人になった今も、私相手にしかめっつらをしてみせるのは。本当はこんなやつれた姿、ルーファスにだけは見せたくなかった。しかし、何度も何度も懲《こ》りずに面会を願い出ていると聞いて……そんなの、やはり、お前しかいない」

殿下は急に照《て》れ臭《くさ》くなったのか俯いて、落ちてきた紫紺の髪をかきあげた。そんな殿下をじっと見ていたルーファス様は、しばらく目を閉じて……ぎゅっと拳《こぶし》を握り込み、再び目を開けた時は、確固たる決意をその瞳に乗せていた。

窓のほうを睨みつけ、

「……陛下にお伝えしてくれ。秘密裏にフィリップ殿下の血液と尿《にょう》を採取し、ラグナ学長に届けてほしい。くれぐれも使用人や王宮の医療師に悟られるな」

どこかの壁《かべ》の奥からカタン、という音がした。ルーファス様は影に話しかけていたのか。

「私も……ルーファスに賛成している、協力する意思があると伝えてくれ」

殿下も少し視線を上げて、そう付け足した。これでこれまでの会話と一緒に確実に陛下の耳に入るだろう。影の役目は自分たちが見聞きしたことを陛下に確実に伝えることだけだ。あとは陛下がルーファス様の希望を汲んで、動いてくれると信じるのみ。

「フィル、これは先ほどの氷菓にも混ぜ込んだ学長の栄養剤の原液だ。陛下にのみ許可を取り、ひそかに飲んでほしい」

ルーファス様がポケットから取り出した小瓶《こびん》を殿下に手渡すと、殿下は目を見開いて驚いたが、やがて、何かを悟ったように口元を引きしめ、頷いた。

「ルーファス、これを」

殿下がガウンのポケットから何かを取り出して、ルーファス様に手渡した。

「これは？」

ルーファス様の手のひらには医療師団のマークの入った薬包が載っていた。

「私の昼の薬だ。都度渡されるので、残念ながら手元にはそれしかない」

「……お預かりします」

すると、しびれを切らしたかのように激しいノックが響《ひび》いた。ルーファス様が肩をすくめて立ち上がりドアを開けると、憮然《ぶぜん》とした表情で使用人たちが戻ってきた。

殿下は私にこっそりウインクを一つしてゆっくりベッドに横たわり、目を閉じた。ルーファス様とお暇《いとま》の挨拶《あいさつ》をしても、辛《つら》そうな表情で頷くだけだった。

馬車が走り出すと、どっと疲《つか》れが出て、背もたれに寄りかかった。私たちの馬車は小型なので、マイクは馬で後ろから警護してくれている。

「ピア、お疲れ様、そんなに緊張しちゃった？」

「それはもう。私、殿下とお話しするのは入学前の小さなお茶会以来なんですから」

あの時も、挨拶しただけだ。会話なんて今日が正真正銘《しょうしんしょうめい》初めてだった。

「フィル、案外気さくだっただろう？」

「そんなわけないでしょう？　ルーファス様は日常的に大物にお目にかかりすぎて感覚がマヒしています」

「そんなことないよ？」

そう言いながら、ルーファス様は私の黒髪をくるくる回して遊ぶ。

「ところでピア、あの殿下へのお土産《みやげ》のオルゴールとやらは義兄上《あにうえ》の作品なの？」

「はい。土壇場《どたんば》で兄から預かったのです。『少しでも療養《りょうよう》中の慰《なぐさ》めになれば』と言って。なんでも以前、殿下のおかげで予算をつけてもらったことがあるらしくて」

研究はすぐに儲《もう》けが出るものなどほんのわずかしかない。支援者《しえんしゃ》がいなければ生活もままならず続けられない。兄が深く感謝をするのは当然だ。

「なるほど。それでオルゴールとは平たく言えば、音声再生装置ってこと？」

「うーん、音楽再生装置ですかね。音階を凸凹《おうとつ》で表わして、それをはじいて音をたてるわけですから。音声ならば、録音装置になるかしら？　まあ凸凹で再現するというところで原理は似ています」

「そう……か。義兄上に相談したいことがあるのだが、都合のいい日はいつだと思う？」

兄に相談とは珍《めずら》しい。我が兄ながら、何かお役に立てることなんかあるのだろうか？

「当然ロックウェルファミリーはルーファス様のご用を最優先で動きます！」

「そう？　じゃあこれから二人でご挨拶に行こうか？」

「わわっ！　母が喜びます」

不意に御者《ぎょしゃ》がコンコンと合図をした。

「……後をつけるとはご苦労なことだ、どんなやましいことがあるのやら……」

「ルーファス様？」

「ロックウェルをわざわざ巻き込むことはないか……ピア、やはり今日のところは真っすぐ帰ろう。馬の調子が悪いようだ。ついでの時でいいから義兄上に都合のいい時間帯を聞いておいてくれる？」

「はい。わかりました。何か踏んじゃったのかしら？　かわいそうに」

乗り心地《ごこち》は変わらないので、御者にだけわかる些細《ささい》な変化なのだろう。

「そういえば、ピア。さっき殿下をピアの研究の助手に誘《さそ》っていたよねえ」

「軽はずみな発言だったと重々承知していますが、あの悲壮な雰囲気を一掃《いっそう》したくて」

結果、我ながらまあいい仕事をしたと思っているので、私は満面の笑みでルーファス様を見上げた。しかし、褒《ほ》められるとばかり思っていたのに、なぜか彼は仏頂面《ぶっちょうづら》だ。

「ピア、君は既婚者《きこんしゃ》であるにもかかわらず、よその男と二人仲良く採掘《さいくつ》したり、地図を作ったりするつもりだったわけ？」

「ご、誤解ですっ！　仮に殿下がこの計画に乗ってくれたとしても、殿下は付き人をいっぱい引き連れてきますよね？　私だってサラとマイクが一緒に違いないし。そもそも殿下が宿もないような田舎《いなか》に赴《おもむ》いて、泥《どろ》まみれになる採掘を手伝ってくれるわけがないじゃないですか⁉」

ルーファス様がずいっと体を寄せて、圧をかける。

「わかってないね。可能性があるか否《いな》かの問題じゃない。ピアが、私をさしおいて、殿下を誘ったのが問題なの！」

「えええ～！」

「たとえばピアは、私が王宮の執務室《しつむしつ》で、若い女性と二人で仕事をしていたら嫌《いや》じゃないの？」

「仕事ならばしょうがないでしょう？　それにルーファス様は仕事中に余計なことを考えるタイプではないもの。毎日ずーっと二人きりならば、ちょっと考えますが」

「……私を信頼しすぎだろう。まあ実際、ピア以外の人間などめったに気に留めないが。とにかく！」

「あれ？」

「きゃっ！」

相変わらずルーファス様の膝に横抱きされた。

「他の男を誘うなんて、その気がなくてもダメだ。いいね」

「護衛やギルドの皆様は？」

「仕事の場合は私が人選する」

「なるほど」

ルーファス様はわかってない。私がいくら誘ったところで、誰も応じてくれっこないのに。元からモブだったけれど、結婚したからますます男性のアンテナに引っかからなくなったはずだ。もはやステルス悪役令嬢……。

「ではルーファス様、私と西の海岸線の地層調査、一緒に行ってくれますか？」

「それでいい。誘うのは私だけだよ？」

とりあえず正解の発言ができて、胸を撫《な》で下《お》ろしていたら、ルーファス様におでこにチュッとキスをされ、そのまま私の頭はぐいっと抱き込まれた。

「今日の王宮ですれ違った者たちのピアへの鬱陶《うっとう》しい視線たるや……もはや〈妖精《ようせい》の涙《なみだ》〉だけでは限界か？」

「ルーファス……さま？」

「なんでもない。ピア、悲嘆《ひたん》にくれる者をも救うその澄みきった薄灰の瞳は……どうか私だけに向けてほしい」

なんのことやらわからず顔を上げると、そのまま顎《あご》に彼の手がかかって、家に着くまで長い長いキスをされた。


殿下とお会いしたルーファス様はいろいろと思うところがあったようで、仕事と並行《へいこう》してあれこれ忙《いそが》しくマイクたちに指示を出している。話す段階になれば、きっと教えてくれるだろうと思って、私は休み中もアカデミーの研究室に出向き、じっとり汗をかきながら掘《ほ》りっぱなしの化石の整理などにいそしむ。

「スタンふじーん！」

「夫人はやめてくださいって言ってますよねっ！　アンジェラ様！」

アンジェラ様が宣言どおり顔を出すようになった。休暇中であっても研究室にやってくる時は制服で、綺麗《きれい》な深紅の巻き髪をその日の気分のカチューシャでまとめている。

「私のこと、呼び捨てにしてくれたらやめまーす」

「……アンジェラ？」

「はいっ！　ピア様っ！」

「私も呼び捨てでいいですよ？」

「え、無理です。私まだ死にたくないので」

私を呼び捨てにして誰に殺されるというのだろう？

「聞いてください！　休暇前のガイ先生のテスト、満点でした！　ピア様に教えていただいたおかげです。ありがとうございます！」

前世、理系の大学院生だったので一般的《いっぱんてき》な数学ならば教えられる。ただ、ガイ先生をこのハイエナ女子学生に追い詰めさせてもいいものか悩《なや》むところだが……まあ、ガイ先生はいい大人だから、自力でなんとかするだろう。もうクッキーはないのだ。

「ねえアンジェラ？　ガイ先生のどこが好きなの？」

久しぶりの恋バナを心躍《おど》らせながら聞いてみた。

「そうですね。まず顔です。そしてニコルソン侯爵家という家柄《いえがら》。嫡男《ちゃくなん》ではないところ。アカデミー教員という手堅《てがた》い職業。さらに言うならば、女で一度失敗してるところですね。あれだけやらかせば、二度と浮気《うわき》はしないでしょう？」

驚くほどに打算だらけだった。

「あ、愛情はないのかな？　なんて？」

「ピア様だって、ルーファス様とはじめから愛があったとは言わないでしょう？　そういうのは形が決まったあと、追々ですよ」

「そ、そうなの、かな？」

ガイ先生、頑張《がんば》って！　と、心の中で先生にエールを送る。

「ところでピア様、何かいい臨時のお仕事ってないでしょうか？」

バイトの斡旋《あっせん》という貴族の女性的にはかなりきわどい話題を直球で振ってきた。よほど困窮《こんきゅう》しているのだろうか？

「急にお金が入り用なの？」

「とても恥《は》ずかしいことですが、来年の卒業パーティーのドレスを買う資金を、今のうちから準備しなければならないのです。ガイ先生をそれまでに落とせたとしても、ドレスを買ってくれるほどに仲が深まってるとは思えないし……」

「そう……」

あのパーティーは婚約者がいれば、婚約者がドレスを準備してくれる場合が多い。私の場合もルーファス様が貧乏伯爵家《びんぼうはくしゃくけ》ではとても買えない美しい一品を仕立ててくれた。アンジェラのルッツ子爵家《ししゃくけ》の懐《ふところ》具合なんてわからないけれど……婚約者だったジェレミー様に買ってもらえるものとあてにしていたのならば、緊急《きんきゅう》事態だろう。

「華《はな》やかさはないし根気のいるものだけど……地図の複写のお仕事なら紹介《しょうかい》できるわ。ただし、ギルドの技能審査《しんさ》を通過して、守秘義務の宣誓《せんせい》をしてもらわないといけないけれど。それと持ち出しできないから、ここか、ギルドが職場になるわ」

「ぴ、ピア様！　これほど外聞のいいクリーンな仕事はありません！　きっと家族の者も喜びます。丁寧《ていねい》に間違《まちが》いなく写して、絶対に紹介者のピア様に恥《はじ》はかかせませんからっ！　ダメ元で言ってみてよかったですっ」

アンジェラは心の底からホッとした様子で、気の抜《ぬ》けた笑みを浮かべた。

「そう……まあ、雑だと審査に通らないから気をつけてね。マイク、話をギルドに通してあげてください」

マイクが了解《りょうかい》したとばかりに深く頭を下げた。

「審査に通ったら……アージュベールの生きた土地神様の弟子《でし》！　嫁入《よめい》り前の娘《むすめ》の箔《はく》付けとして最高じゃない！」

「……生きた土地神？　アンジェラ何それ？　シーラカンスのこと？　それとも新種のカブトガニかなんか？　マイク知ってる？」

「……コホン。アンジェラ嬢《じょう》、ギルドの審査は厳しいですので。時間制限もありますし、浮かれるのは合格されてからにしたほうがよろしいかと？」

「そ、そうね！　頑張るわ！」

その後、アンジェラはギルドの審査に三度チャレンジするという根性《こんじょう》を見せ、模写の技術が販売《はんばい》レベルに達し、ルーファス様の許可を得て、アカデミーの放課後私の研究室でバイトに励《はげ》むようになった。

「いやー、ピア様、測量ギルドの皆様、みーんな賢《かしこ》くてかっこいいです」

「そりゃそうよ。スタン領とロックウェル領の精鋭集団だよ？」

「ですよね～！　賢くて頑強《がんきょう》で正直！　ああ、測量士や計量士の皆様となら、平民でも結婚してもいいかも！」

「とりあえず、ガイ先生に絞《しぼ》ろう？」

　私は全力で、うちの領の純朴《じゅんぼく》で素直《すなお》なエリートたちをこの猛禽《もうきん》類から守ろうと誓《ちか》った。


　化石成分の足りない王都の蒸《む》し暑《あつ》い夏も峠《とうげ》を越《こ》え、秋の虫がリリリとあちこちで鳴きだして、日に日に過ごしやすくなってきた。学生の夏の休暇も終わりアカデミーも再開し、ざわざわとした日常に戻る。

「ピア、週末はスタン邸《てい》に呼ばれてるから。昼過ぎに家を出る。準備しておいてね」

「え？　何か急用でしょうか？」

　たいていの貴族夫人の休日は、あらゆる社交で埋《う》め尽《つ》くされている。そこでいろんな情報を仕入れ、夫の役に立つのだ。

　しかし、私は社交下手の化石マニアでしかないので、ルーファス様は私にその役割を全く期待していない。

『え？　お茶会？　夜会？　我々には必要ないよ。噂話《うわさばなし》で私の地位が左右されることはないし、必要な情報は諜報《ちょうほう》部が上げてくる。そんなことよりもピアは頭を悩ませているレポートに取り組むべきだと思うね。……どこに聡明《そうめい》なピアの誘拐《ゆうかい》を企《たくら》むやからがいるかわからんし、王家主催《しゅさい》でなければ無視していい。チャーリー、ここの招待状は全部欠席で返信して。差出人をリストにして私に届けて』

　ということで、私のスケジュールは陛下やギルドの至急案件でもない限り、他に移せるものばかりだ。

「週末は……ピアの誕生日だろう？　家族で祝いたいんだってさ。私は結婚して初めての誕生日をピアと二人で過ごしたかったのに！」

　カレンダーを見ると、確かに私の誕生日だった。時が進むのが早すぎる。

「あ、ありがとうございます。でも、スタン家は特段誕生お祝いをしないはずでは？」

　現に初夏のルーファス様のお誕生日は、二人だけでエリンに教えてもらった可愛《かわい》らしいレストランでお祝いをした。

「娘は別だそうだ。母が張りきっているから悪いけど付き合って」

　スタン侯爵夫妻——義両親は出会った頃と変わらず超絶《ちょうぜつ》美しいカップルのまま、威厳《いげん》が年々増している。凡人《ぼんじん》には眩《まぶ》しすぎて消滅《しょうめつ》しそうだ。

この日のためにお義母様《かあさま》に贈られたラベンダー色のドレスにきちんと髪も結《ゆ》い上げて参上すると、お義母様は私と共布《ともぬの》で、デザインがもっと落ち着いたドレスを纏《まと》っていた。お揃いだ。ということはこのドレス、いつにもまして特別なやつだ……チキンの私の心臓がむぎゅーっと引き絞られた。

「ピア、不自由はないかい？　ルーファスは夫としての務めを果たしてる？」

「え？　お義父様《とうさま》、ルーファス様はずーっと常に完璧《かんぺき》ですよ？」

「まあ、うふふ。私はメアリからいろいろと聞いているけれど……でもちゃんと我慢《がまん》しているようね、ルーファス」

「ちっ！　父上も母上も新婚《しんこん》夫婦をそっとしておこうと思わないのですか？」

「そっとしてるじゃないの。でも今日はピアのお祝いですもの。ねえピア？」

「は、はいっ！　ありがとうございます！」

侯爵家の早めのディナーは前菜にお魚を珍しいスパイスで味付けしたもの、メインは寒さ厳しいスタン領名物のチキンの煮込《にこ》み料理だった。私が相変わらず食が細いのは、長いお付き合いの本家のシェフもわかってくれていて、無理のない程度に少なめに盛りつけてある。ありがたい。

「こ、このお魚、ピリッとした風味が利いていて美味しいですね」

「ええ。味付けに最近南方から手に入れたの。ピアの食が進むようにって」

きっとこのスパイス、宝石並みにお高いやつだ……。一瞬、気が遠くなった。

デザートは、なんとカイルの作ったバースデーケーキだった。

「ピアの口利《くちき》きでうちの傘下《さんか》に入れたパティスリー・フジ、とてもいい仕事をしているわ。つくづく他の家に取られなくてよかった。いち早く新作スイーツを融通《ゆうずう》してもらえるもの。私、社交界でちょっとした顔になっているのよ？」

いやいや、お菓子の力なんてなくともお義母様は社交界の女王です！　と思ったものの、

「そう言っていただけると嬉《うれ》しいです。カイルはとても苦労をしていまして……何か至らぬ点があれば私がきちんと伝えますので、どうぞ今後とも庇護《ひご》下に置いてください」

私が頭を下げると、お義父様が組んだ手に顎を載せて微笑んだ。

「ピア、そんなことは心配しなくていい。一度懐に入れた者の面倒は最後まで責任を持つよ。ところで、ビアンカ。なぜこのケーキにはロウソクが立っているんだ？」

「パティシエの話では、誕生日に歳《とし》の数のロウソクを吹き消すと、その一年幸せに過ごせるという風習が、遠い異国にあるんですって。素敵《すてき》ね」

カイルってば……ありがとう。

「へーえ。必要なのがロウソクだけならば、庶民《しょみん》の間にも流行《はや》りそうだね。カイルはやり手だな。では火をつけよう」

大きいもの一本、細いもの九本のロウソクに火が灯《とも》されて、部屋の照明が落とされた。

カイルはここまで侯爵夫人《ふじん》に指導したの？　ある意味強者だ。

なぜかお義母様が席を立ち、私の後ろに回って肩に手をとんっと乗せる。

「さあ、ピア、吹き消してちょうだい」

「はいっ！」

ふーっと息を吐き、順に火を消して、室内は薄暗くなった。すると、お義母様が何やら動いて、私の首に正体不明の重みがかかった。お義母様が席に戻った気配と同時に、部屋に再び明かりが灯された。

「「「ピア、お誕生日おめでとう！」」」

「「「「ピア様おめでとうございます！」」」」

家族と使用人の皆様から温かい声と拍手《はくしゅ》を贈られる。もちろん嬉しくて、ペコペコと頭を下げるわけだが、どうにも首回りが気にかかる。

「ありがとうござ……います？」

なぜかお義父様と、ルーファス様が私の胸元《むなもと》を凝視《ぎょうし》している。

「母上……もう渡すのですか？」

「ルーファス、私たちは皆忙しいわ。毎年このように四人揃ってお祝いできればいいけれど、世の中何が起こるかわからない。大事なチャンスは逃さないほうがいいのよ」

「うん。私も異存はない。ビアンカが〈妖精のハート〉をいつ渡そうが、ルーファスがピアを手放すわけがないからね」

〈妖精のハート〉？　そのワードに、私の頭の中でレベルMAXの警報音が鳴り響く。

「あ、あの？　あの？」

「はあ。ピアには見えないよね。ちょっと待って」

ルーファス様は席を立ち、私の背後に回ってうなじの金具を外し、私の目の前にそれをかざしてくれた。一目見た瞬間、絶句した。

これは……幼い頃、ここに行儀《ぎょうぎ》作法を習いに招かれていた時に、お義母様が身につけていた……親指の爪《つめ》ほどの大きさのあるピンクダイヤモンドだ……。

「な、なぜに……」

「これはスタン侯爵家の家宝だ。これを身につけている者がスタン家の女主人である証《あかし》。ダイヤはそう簡単に傷がつくことはないから気楽につけるといい。最近〈妖精の涙〉だけでは不躾《ぶしつけ》な視線を避《さ》けられないと思っていたところだ。まあ、ちょうどよかったか。これでコバエが減る」

気楽につけられるわけないでしょー！　と胸の内だけで突っ込みを入れる。

「あ、あの、私はまだ女主人ではありませんっ！　お義母様が持たれているべきだと」

「あら、私はもうそれがなくとも女主人だと認められているから大丈夫よ？」

「うん。ビアンカの立場は盤石《ばんじゃく》だからね」

そうでしょうとも！　それにしても名持ちのジュエリーなんて嫌な予感がする。

「ま、まさかと思いますが、この宝石に呪《のろ》いの逸話《いつわ》——なんて、ないですよね？」

「ピア？　科学者が何を言ってるの？　呪いなんて存在するわけない。ただ、それを身につけた女性に何かあれば、災《わざわ》いの元凶《げんきょう》をスタン家が総力を挙げて秒で抹殺《まっさつ》するけどね」

ルーファス様の言葉に、私は呪いよりも恐《おそ》ろしいことが世の中にあると知った。

「それにねえ、私がそれを身につけていると王妃様が譲れ譲れとうるさくって。まさか、娘に譲り渡したものを取り上げるほど厚顔無恥《こうがんむち》でないことを祈《いの》るわ！」

それを聞いた私は、もはや恐怖《きょうふ》しかない……。

「そうか、ではしばらくピアは王妃殿下の前ではつけるのをやめるほうが無難だね」

「……是非ルーファス様が預かっていてください」

「くくく、ピアは相変わらず欲のないことだ」

お義父様がルーファス様そっくりのお顔で笑われた。

「王妃様のことでついでに言っておくけれど……、先日、あなたたちが王妃様に内緒《ないしょ》でフィリップ殿下にお会いしたことに、とてもご立腹よ。息子《むすこ》を愛する母親の気持ちはわからなくはないけれど……でも方向性を間違っているわね。『友の見舞いほど元気の素はありませんわよ？　私も学生の時分、陛下がお風邪《かぜ》を召《め》した時、よくアカデミーの友人たちとお見舞いに伺《うかが》いましたわ』と言って躱《かわ》しておいたけれど」

王妃様に堂々と言い返しちゃうお義母様……案外ルーファス様はお義母様似なのかもしれない。

「とにかくピア、王妃様と一人で対面しないように気をつけなさい。あのお方は感情で動かれる子どものような方だから。マイクとサラもわかったわね？」

マイクとサラと私はしっかりと頷いた。


カイルのバースデーケーキは大きく、冷蔵庫のないこの世界では涼しくなってきたとはいえ保存ができない。なので、使用人も皆一緒にワイワイ美味しくいただいた。お腹《なか》いっぱいになったところで、ルーファス様に追いたてられるようにお暇《いとま》した。

「ピア、緊張しただろう？」

私たちの家に戻り、ルーファス様にエスコートされて玄関《げんかん》に入る。

「緊張はどうしてもしちゃうのですが、お義父様と、お義母様にお会いすることが嬉しいのも本当なのですよ？」

幼い頃から礼儀《れいぎ》も作法も侯爵家の基準に達しない私を可愛がってくださる義両親。できない子ほど可愛い……というやつなのだろう。実の息子が完璧すぎるものだから。そんな優雅《ゆうが》で寛大《かんだい》なお二人が大好きだ。

「いつか何かの形で、恩返ししたいところなのですが……」

「あの人たちはピアがスタンを名乗るだけで、自分たちの人生は完璧なものになったと豪《ごう》語《ご》しているけどね。父にいたってはたくさんの同世代の令嬢の中からピアを見つけたことを、いつまでも自分の手柄《てがら》のように自慢《じまん》するから鬱陶しい」

「すみません。言ってる意味がよくわかりません？」

「別にいいよ。とにかくそのダイヤは両親のピアを好きだという気持ちに間違いない。全く、そのダイヤに比べたら全てのプレゼントが見劣《みおと》りするね……ピア、私からは何が欲しい？」

「今朝、私のリクエストのリボンをいただいたではないですか？　とても可愛いです」

ルーファス様には事前に希望を聞かれたので、仕事中も三つ編みの髪につけていられる、華奢《きゃしゃ》なグリーンのリボンをお願いした。どんなに素晴《すば》らしくてもダイヤは普段《ふだん》身につけられるものではない。でもリボンならばいつも一緒だ。

「うーん。母に負けた気がしてモヤモヤする。なんでもいい、母ではなく私にしかプレゼントできないもの、思いつかないか？」

そう言われても……私の周りはおかげさまで満ち足りているし、モノで思いつくのはTレックスの化石とか、氷漬《づ》けのマンモス標本とか……ああレジェン氷河にもそのうち行きたい……。そうか！　モノでないものでもいいのか……。

「本当に……なんでもおねだりしていいのですか？　怒らない？」

「ピアが私を怒らせるようなお願いをするわけがないよ」

「では……」

私は怪訝《けげん》な表情のルーファス様の手を引き、応接室に一緒に入って、貴族の家に必ず置いてある、ピアノの前まで進んだ。

「私、ルーファス様のピアノをお聴《き》きしたいです」

エリンにいつか聞いたことがある。高位貴族が幼い頃集った王宮で、エリンのバイオリンに合わせてルーファス様はピアノを弾《ひ》いていたと。

「ピアノ？　……ピア、そんなことでいいの？」

「そんなこと、なんかじゃありません！　お聞きしますけれどルーファス様、お小さい頃を除いて演奏を誰かにお聴かせになったことはありますか？」

「いや、久しく弾いてないけれど」

「ほら！　ルーファス様の演奏はとっても希少価値があります。その誰にも聴かせてないルーファス様のピアノを聴く権利を私にプレゼントしてくださいっ！　お願いしますっ！」

ルーファス様はしばらく戸惑ったあげく、肩をすくめた。

「……ふふ、わかったよ。短いものでいいね？」

「やったー！　ではマイク、サラ、下がってちょうだい。聴衆《ちょうしゅう》は私だけ！　私だけの特権なの！　誕生日だから私だけがルーファス様を独占《どくせん》するの！」

ルーファス様は、なぜかピアノの椅子の背もたれに左手を置き、右手で顔を覆《おお》った。

「まあ！　私だってルーファス様の演奏を聴いてみたかったけれど、ピア様が独占したいのならばしょうがありませんわね。行きましょう、マイク？」

「ピア様のお誕生日ですからね。ではごゆっくり。今日はこれで下がらせていただきます」

二人は殊更《ことさら》大げさにそう言うと、いそいそと部屋を出て、ばたんと扉は閉まった。

「あいつら……まずい。緊張してきた」

ルーファス様はピアノの蓋を開け、えんじ色のカバーをさっと畳んで脇《わき》に置き、椅子に座って高さを合わせた。

「楽譜《がくふ》なんかこの家には置いてないしな……」

「私のために弾いてくださるのなら、『チューリップ』でも泣いちゃいます！」

そう言いながら、私は彼の手元が見える特等席に椅子をよいしょと動かして座った。

「『チューリップ』？　悪いが知らない。一体どんな楽曲なんだ？　そうだな、ピアならばあの曲でも……。では誕生日を迎《むか》えた最愛のピアに、私のピアノを捧《ささ》げます。いくよ」

鍵盤《けんばん》に指を載せたルーファス様は、数秒目を閉じた。そして開くと共に激しく鍵盤を叩《たた》

き始めた。全く聞いたことのない曲が猛烈《もうれつ》な勢いで響き渡る。両手がピアノの端《はし》から端まで余すところなく動き回り、男性ならではの力強い技巧《ぎこう》に心の奥底から震《ふる》える。前世で言えばジャズに近いかもしれない。息切れ、スタミナ切れすることなく最後の最後まで感情を揺《ゆ》さぶられるメロディーのまま、力強くフィニッシュした。

一瞬、夢の中から帰ってこられず、身動きできなかったが、我に返って慌《あわ》てて立ち上がって拍手をし、私の全身で演奏を讃《たた》えた。

「いかがでしょう？　満足していただけたかな？　奥様《おくさま》」

「ブラボー！　最高でした！　この素晴らしさを表現できない自分の語彙力《ごいりょく》のなさが恨《うら》めしい！　こんな素晴らしい腕前を隠していたなんて信じられない！」

私は駆《か》け寄《よ》り、両手を握りしめて、すごい、かっこいいを繰り返した。するとルーファス様はなぜかそんな私にとても驚いた様子を見せ、そのあとゆっくりと目を細めて微笑み、私の手を片方持ち上げて、軽いキスを落とした。

「そんなに喜んでくれるのなら、これからもピアのためだけに弾くよ」

「私だけのため？　いや、正直これほどの腕前ならば、皆様に披露《ひろう》しないとなんだかもったいない……今の曲、なんという音楽家の作曲ですか？　初めて聞きました！」

他の曲も片っ端聞いてみたい。前世で言う作者買いだ！

「……幼い頃、ピアノのレッスン中、教師の教える旧来の穏《おだ》やかな曲がどうしても退屈でね。自分が本当に弾いてみたい曲がなくて、作ったんだ」

「……作った？」

空耳だろうか？　作ったとは、ルーファス様が作曲者ということ？

「だが、教師にこんな騒々《そうぞう》しい曲は芸術への冒瀆《ぼうとく》だ！　と怒られてしまってね。それを境にピアノから遠ざかったんだ」

「そんな……私には芸術なんて高尚《こうしょう》なことはわかりませんが、私は今の曲にびっくりしたり、ワクワクしたり、ちょっとハラハラしたり、最後はあまりの爽快《そうかい》感に大きな声ではしゃいでしまいました。私は大好きです。何度も何度も聴きたいです」

「ピアは本当に視点がフラットだ。いや、身内贔屓《みうちびいき》か？」

「贔屓なんてしてませんっ！　ホントにホントに素敵だったか……」

立ち上がり、ピアノを片付け終えたルーファス様が、先ほどまで麗《うるわ》しい音楽を奏でていた左腕を私の腰に巻きつけて、右の長い人差し指で私の唇《くちびる》を押さえた。

「ありがとう。ピアがそう言ってくれるならなおさら、私のピアノは二人だけの秘密にしよう。秘密が多ければ多いほど、互いこそが特別だということが実感できるからね」

ルーファス様と二人だけの秘密……頬が熱くなるのがわかる。

「あ、あの、先ほどの曲、名前は？」

「曲名？　何しろ幼かったからね。『君と大冒険《ぼうけん》』だったっけな？」

「ああ、だからあんなにドキドキしたんですね。ぴったりです」

「そうだね。私もピアと出会ってからずっと、冒険しているようだ」

「え？」

「ねえ、もう待てない。十九歳のピアの、最初のキスを私にちょうだい？」

優《やさ》しく体を引き寄せられたかと思えば、先ほどの音色とたがわず、力強い口づけが降ってきた。息も絶え絶えに息継《いきつ》ぎをすれば、

「まあ、ピアのキスは最初から最後まで、いかなる時も私だけのものだけれど」

「……え？」

「十九になったピアに、ますます私は溺《おぼ》れているということだ」

溺れているのは私のほうだと言いたかったけれど、ルーファス様がそのチャンスを与えてくれなかった。


秋も深まり、研究室から見える窓の外の光景も紅葉で美しく彩《いろど》られてきた。アカデミーのあらゆる講義も基礎《きそ》から応用に移る時期で、眼下では学生たちがせわしなく移動しながら、持論を友人たちにぶつけている姿が見受けられる。

「前世でも、勉強の秋、読書の秋とか言ってたな。なんにせよ過ごしやすい季節ってことよね。三年生は卒論卒研の追い込み中だろうし」

そんなアカデミーが賑《にぎ》やかになるタイミングを待ちわびていたルーファス様が、私の研究室を会合場所に提供してほしい、と頼んできた。

「講堂で都合よく講演会もあるようだし、いつもアカデミーにいない人間が増えたところで目につきにくい。そしてこの研究室は人の出入りが厳しく管理され、警備もしやすく改造しているし、王宮よりも秘密が保てる場所だ」

私は一も二もなく了承《りょうしょう》した。そして夫として堂々と私の研究室でくつろぐルーファス様を皮切りに、参加メンバーが続々と集まった。

「クリス先生。お久しぶりです」

「ピア様、ちょっと痩《や》せたね。ルーファス様、夫としてちゃんと食べさせてますかな？」

「食べさせてるよ！　ピアはちょっと心配事があるとすぐ食が細くなるんだ。早くこの問題を片付けないと」

クリス先生はスタン侯爵家お抱《かか》えの医療師で、白髪《しらが》に銀のメガネをかけた優しいおじいちゃん先生だ。数年前お義父様を看病していた時に初めてご挨拶して、それ以来、メガネの購入《こうにゅう》の相談をしたり、風邪をひいた時に往診《おうしん》してくれたりと、とてもお世話になっている。

クリス先生の腕にはルーファス様も義両親も全幅《ぜんぷく》の信頼を寄せている。それはクリス先生がスタン侯爵家に忠誠を誓っているからだ。医療師団よりも、国よりもスタンを優先すると言ってはばからない先生は先代——ルーファス様のおじい様に恩があるらしい。

「ルーファス、イライラするなって。ピアちゃん元気？　あー、アカデミーもピアちゃんの研究室も久しぶりー。相変わらずお菓子が積んであるね」

ヘンリー様の赤い騎士団《きしだん》の制服は目立つ……そもそも存在自体が目立つので、今回はマイクと共にこげ茶のありふれたスーツ姿でルーファス様の従者を装って入ってきた。騎士団は半休を取ったとのこと。

「さあ、時間が長くなれば怪しまれる。早速《さっそく》始めるぞ？　ピアちゃん、資料やらをテーブルに並べるから茶はまだ出さないでよい」

ラグナ学長がなぜか、私が研究資料を山積みにしている衝立《ついたて》の奥から顔を出した。

「学長、そんなところで何を？」

「ちょっと……大きな荷物を置かせてもらった。帰る時は片付けるから気にせんでいい。では皆揃ったな？」

学長の合図で皆研究室のソファーに腰かける。学長とクリス先生が正面に座り、ヘンリー様とルーファス様と私が三人掛けのソファーに並ぶ。キチキチだ。おじいさん二人は真剣《しんけん》な顔をして何か話し込んでいる。

「お二人は面識があるのでしょうか？」

「クリスも腕のいい医療師として知る人ぞ知る有名人だよ。医療師団や学会に籍《せき》を置かせず、一貴族であるスタンが囲っていることを、今もってねちねち文句を言われるほどだ。お互い納得《なっとく》しているのだから余計なことだ」

ルーファス様が肩をすくめながら教えてくれた。

「ではまずわしから話そう。ルーファスの面会のあと、陛下の影からフィリップ殿下の血液と尿を三日分受け取った。この採取は影のうち医療師の資格を持った者が行った」

あの殿下との面会でのやりとりは影を通して陛下の耳にきちんと入り、陛下が速《すみ》やかに学長とクリス先生に科学的調査を依頼《いらい》したようだ。

学長によると、影はその任を解かれるまで陛下以外に正体を明かさない。つまり医療師団との紐づけがない人間が採取したと言いたいのだ。

「わしとクリスは……まあ、国の医療師団という大きな組織を敵に回す危険を覚悟のうえで納得し、分担してそれらを分析《ぶんせき》した。当然秘密裏に、誰にも手伝わせずな。わしはこれまでのヘンリー、お前のデータやら〈マジックパウダー〉の数値を持っておる。クリスには医療師として蓄積《ちくせき》したデータがある。それらと殿下の分析結果を比較《ひかく》した」

学長はそこで言葉を切って、テーブルに棒グラフや数値の書かれた資料を載せて、トントンと指差した。

「検証の結果、ヘンリーの現在の解毒《げどく》具合を十とすると、殿下は三、といったところじゃ」

「ちょ、ちょっと待って！　学長！　俺が一年前、領地で静養したあと、王都に戻ってきた頃はどの位置なの？」

「あの時で五、といったところか」

「嘘だろ……ってことは、俺が領地で苦しさに転げ回ってた頃と、今の殿下は一緒ってこと？　なんでだよ！　まだそんな段階なわけ？　医療師団は何やってんだよ！　国一番のエリート集団のはずだろっ！」

ヘンリー様がダンッと机を叩く。思わずビクッと震えたが気持ちは私も同じだ。殿下はまだ、解毒がほぼなされていないような状態なのだ。この一年半の誰よりも手厚い治療は一体なんだったの？

ルーファス様がヘンリー様の肩を押さえて落ち着かせると、クリス先生が小さく手を上げた。

「ルーファス様、閣下の四年前の件はお話ししても？」

「ああ……うん、構わない。既《すで》に過去の話だし、ここにいるメンバーは秘密保持を約束してくれている」

「では、憂慮《ゆうりょ》すべき点がもう一つ。ヘンリー様の血液にはなかった成分が殿下から見つかりまして……その成分値とルーファス様から聞き取ったフィリップ殿下の症状を鑑《かんが》みて、断定はできませんが、それはかつて宰相閣下が盛られた毒と同じものではないかと」

「っ！」

脳裏《のうり》にお義父様がやつれて顔色悪くベッドでうなされていた姿が再生された。そういえば先日のフィリップ殿下も痩せて、顔色が悪く、睡眠も浅く……。メガネをかけなおし、テーブルの上の資料を手に取り丁寧に読み込む。

「クリス。つまり、殿下にはクッキーの〈マジックパウダー〉が残留しているだけでなく、別の毒も盛られているということでいいのか？　そしてその毒は父の時のものと関連があるかもしれないと？」

「はい。そしてこの症状と数値ならば、現在進行形で口に入れているはずです」

「なんということだ……」

不意に、第三者の声が衝立の向こうからした。驚く私の腰をルーファス様が抱いて、落ち着かせる。

衝立の向こうから現れたのは、ジョニーおじさんだった。私とクリス先生とヘンリー様が反射的に立ち上がり頭を下げると、手で元に戻るよう促される。

学長が真っ白な長いひげを撫でつけながら、場をとりなした。

「驚かせてすまんの？　このおじさんが肩の凝《こ》らない場所での会合の様子を、自分もコッソリ聞きたいと言い張るもんでな。やっぱりバレましたな。クリス、構わず続けてくれ」

「陛下……お忙しいでしょうに」

ルーファス様がため息と共に呟く。学長だけでなくルーファス様、そしてマイクは陛下がいることに気がついていたようだ。

マイクが私のデスクの椅子を運び、陛下に勧《すす》めると、軽く右手を上げて座った。

「では、私がラグナ学長の解毒剤の成分表をもとに、今のフィリップ殿下に最適なものを調合しましたのがこちらです。そして、それに加えてこのオレンジ色の粉薬のほうは、かつて宰相閣下のために調合した解毒薬。こちらも一週間試しに飲んでいただきたく思います。今現在処方されている薬は、決して飲まれませんように」

クリス先生が王の前で自分の薬が優先だと言いきった。揺るがぬ自信があるのだ。

「クリス、医療師団処方の薬の成分は調べたのか?」

陛下が直接先生に尋ねる。陛下もクリス先生をご存じなのだ。どんだけ大物をスタン家は従えているの……。いつも飴《あめ》をくれて、エンドレスの化石話をにこにこ笑って聞いてくれる優しいおじいちゃん、と思ってた私は人を見る目がない。

「お預かりしたものがなにぶん少量で、まだ詳細《しょうさい》な解析《かいせき》結果は出ておりません。しかし、学長が一刻も早くと突き止めた解毒の有効成分は入っておらず、妙《みょう》な数値が高いので、これが毒だろうなと疑っております」

ふと思いついたことがあり、発言の順番も考えずつい口走る。

「あ、あのっ！　殿下はスタン領の私たちの挙式に来られない理由として、『生薬を飲まなければいけないから』とおっしゃってたんですが、どのような原料かわかりますか？　薬草ならばルスナン山脈にいっぱい生えてますので、クリス先生が帯同して調合してくださったら……」

「いえ、ピア様。生薬は一つまみも入っておりません。正直なところ、薬とも呼べないものなのです」

「でも、殿下は生薬と思ってて……だから王都を離れられないって……そうなの……」

殿下は……騙されていたのだ。病人を騙して、命をもてあそぶなんて……。私はソファーに沈《しず》み込んだ。

「フィル……」

ヘンリー様も自分のつま先を睨みつけ、苦しげに声を漏《も》らす。

ルーファス様が私の手をぎゅっと握ってくれた。そして、

「非公式集団である我々の調査はこのような結果になりましたがいかがしますか？」

陛下を真っすぐに見つめながら問うた。すると陛下は机の上のクリス先生が作った薬の束をうやうやしく手に取った。

「もちろん貰《もら》うし、言うとおりにするさ。クリスが優秀《ゆうしゅう》で、医療師としてのプライドを

懸《か》けていることくらいわかっている。それに、ここにいるのは我が子の回復を一心に祈る、ただの父親のジョンだ。以降のことは……玉座に戻ったのち、じっくり考えよう。とりあえずは内密に、表向きはこれまでどおりの治療で進める。皆も承知しておいてくれ」

陛下はそう言うと、善は急げとばかりに立ち上がった。そんな陛下にルーファス様が、

「フィルは……その薬を飲んでくれるでしょうか？」

と、小さな声で尋ねた。

確かに、フィリップ殿下も薄々は気がついていらっしゃるだろうけれど、これまで全幅の信頼を寄せていた治療が意味をなさないどころか、害だった、と受け入れることはなかなかに難しいだろう。処方したのは旧知の、神の手を持つと尊ばれ、母である王妃が心酔《しんすい》している医療師団長なのだから。

陛下はふっと、目尻《めじり》を下げ、座っているルーファス様を体をかがめて抱き寄せて、ポンポンと背中を叩いた。そして涙目のヘンリー様の頭をくしゃくしゃっと撫でて、退出した。

陛下の足音が消えると、皆一斉《いっせい》に息を吐き出した。緊張が解けた。

「……学長、もうお茶を淹《い》れてもいいですか？」

「……そうじゃな。ピアちゃん、あったまって美味しいのを頼むよ。ルーファス、机の上を片付けろ。ヘンリー、その右の箱はわしの手土産のパイじゃ。切り分けてくれ」

「えー！　俺が～？」

私たちは、それぞれに去来するやるせない思いを押し殺し、秋らしい焼きたてのアップルパイをわいわい食べながら、殿下が薬を受け入れて、飲んでくださるように祈った。

数日後、スタン侯爵邸を訪れて、ダガーとブラッドと広い庭園をぐるぐると散歩していると、屋敷《やしき》からルーファス様がバルコニーに出てきた。お義父様との用事が済んだようだ。私がバルコニーへの外階段を上れば、犬たちはあっという間に追い越して、ルーファス様の足元にまとわりついた。

ルーファス様は二匹《ひき》の頭や首を交互《こうご》にわしわしと撫でたあと、私に向かって微笑んで椅子に腰かけた。私も迎えに戻ってきたダガーと共にその横に座った。ブラッドはルーファス様の横でお昼寝《ひるね》の体勢だ。

「父によると、フィリップ殿下はクリスの薬をきちんと飲んでくれているそうだ。まだたった数日だというのに、これまでになく体調がいいんだって」

「ルーファス様……よかったですね」

「それと、『国の宝であるフィリップ殿下の薬は、当然医療師団長自ら作っている』と、王妃殿下が自慢のように言いふらしているらしい」

ということは、生薬入りだと嘘をついている例の薬を製薬したのは、医療師団長で間違いない。

「これで確定だ。ローレン医療師団長がクロだ。王妃殿下の関与《かんよ》が故意か過失かは見極《みきわ》めなければならないところだが、王妃殿下は奴の有力な後ろ盾《うしろだて》、事を上手く運ぶための駒《こま》でしかない気がする。王妃殿下にとってフィルが死んでもなんの利もない」

フィリップ殿下はもちろん王妃殿下の実子だ。自身が心酔する医療師団長を殿下に付け、頻繁《ひんぱん》に殿下を見舞うことからもフィリップ殿下への愛情が感じられる。私たちへの手紙に一言書き添《かそ》えたくらいだもの。

「王妃殿下も利用されているのでしょうね……」

「フィルの枕元《まくらもと》で『もう長くない』とか戯言《たわごと》を言っていたのも、重病だと王妃殿下にイメージづけておくことで、もしものことがあってもその流れがさも自然に見えるように、という保険かな?」

ルーファス様が一つため息をつき、髪をかきあげた。その様子を見ると胸がキリキリと痛みだす。どんな動機なのか知らないけれど、フィリップ殿下の、人の命を一体なんだと思っているの? 本人だけでなく、その人を愛する人皆をこんなにも傷つけて。

苦しくなり思わず視線を落とすと、ブラッドがルーファス様の膝に前脚《まえあし》をかけて、クゥンと心配そうに見上げていた。ルーファス様の手が伸《の》びて、ブラッドの頭を優しく撫でる。

そっとルーファス様を窺うと……無表情のままに下唇を噛《か》みしめていた。

「よくもフィルを……ローレン……許さん」

ルーファス様が私の前で怒《いか》りを露《あらわ》にするのは、フィリップ殿下のお見舞いの日以来二度目だ。いや、あの瞬《しゅん》発《ぱつ》的な爆《ばく》発《はつ》よりも、今日のこの怒りのほうが静かにじわじわと地下で蓄《たくわ》えられたマグマのような、とてつもない熱量を感じられる。それほどの大きな衝撃《しょうげき》なのだ。

しかし、何か力になりたいけれど、何も思い浮かばない。そんな自分がもどかしい。

膝の上で握り込まれたルーファス様の拳をそっと私の手で包むことしか考えつかない。

やがて彼は大きく息を吐き私の肩を抱いた。二人でそのまま、ダガーとブラッドに時折触《ふ》れながら、秋の澄み渡った空を雲が移っていくさまを静かに眺《なが》めた。

第五章 小さな音楽会

研究室から見えるイチョウもすっかり葉が落ちてしまった。日没《にちぼつ》も早くなり、なんとなく物寂《ものさび》しい季節になった。

トーマさんの手紙によれば、ルスナン山脈はもう初冠雪《はつかんせつ》したそうだ。もはや故郷と言っていい山々が銀色を纏《まと》う姿を想像する……美しいだろうけれど、とんでもなく寒そうだ。

そんなスタン領で私たちが結婚式《けっこんしき》を挙げるのは一体いつになることか。

私たちの結婚式延期の最大の要因であるフィリップ殿下《でんか》の病状は、医療師団《いりょうしだん》の懸命《けんめい》の治療《ちりょう》の甲斐《かい》もなく一進一退だ――ということに、公式ではなっている。

実際のところは医療師団から処方される薬は飲まず、クリス先生の薬と、ラグナ学長の日々改良し続ける栄養剤《えいようざい》の服用の効果で、少しずつ毒が体外に出て、焦燥《しょうそう》感や倦怠《けんたい》感が軽くなり、回復を実感されているということだ。

薬どころか毒を処方しているのは医療師団で、殿下の主治医はローレン医療師団長だ。団長の独断か、医療師団ぐるみの犯行か、はたまた団長も第三者に操《あやつ》られているのか？

犯人の動機をはっきりさせるために、騙《だま》されたふりを続ける殿下。本来は少しずつ部屋の中でリハビリを開始したいところだけれど、怪《あや》しまれるとまずいので、もどかしい思いをしているらしい。

　そんな殿下にヘンリー様が布団《ふとん》に隠《かく》れるサイズの鉄アレイと筋トレメニュー表をこっそり学長→陛下経由で差し入れたとのこと。国の最高権力者をメッセンジャーに使うのもどうかと思うが、陛下はニコニコして薬と共に持ち帰るらしい。ヘンリー様には純粋《じゅんすい》な好意しかないことは、誰《だれ》もがわかることだからか……。

　そんな難しいお芝居《しばい》続行中のフィリップ殿下から、内密にお手紙が届いた。

「『騙されたふりはもう限界に近い。いい加減犯人を捕《と》らえたい』だって。じれてるな」

　ルーファス様の見せてくれた便せんの文字は、やや不安定さはあるもののとても読みやすくなっていて、ひとまずホッとする。

「しかし中途半端《ちゅうとはんぱ》な証拠《しょうこ》では王妃《おうひ》殿下の後ろに隠れてしまうだろうから……現行犯で捕《つか》まえるのが確実なんだが……フィルも随分《ずいぶん》動けるようになったから、巻き込む危険は少なくなったか……」

　ルーファス様は犯人の逮捕《たいほ》に向けて、最も確実で効率のよい方策を練っているご様子だ。相手がはっきりしてきたことで、より具体的になっていることだろう。

　くれぐれも危ない真似《まね》はしてほしくない。でも、早く解明せねば、ごまかしながらの生活など長くもたないし、専門的なリハビリをしなければ治るものも治らない。殿下は寝《ね》たきりにさせられてやがて二年にもなるのだ。

私はルーファス様を信じて、背中を支えるだけだ。

「ピア様ー！　この崖《がけ》は赤字のまま模写したほうがいいのですかー！」

「あ、えっとね……ああ、がけ崩《くず》れのおそれのあるキュリー西部の海岸沿いね。うん、注意喚起《かんき》のために赤で！」

「はーい！」

今日は午前中で授業が終わったアンジェラが、私の研究室で模写のバイト中だ。彼女の仕事ぶりに最初の頃《ころ》は恐る恐るダメ出ししていた。弱気な私は本当に人様を指導する適性なんてない。でもアンジェラは私の小さな声を真剣《しんけん》に聞き取ってくれた。

「ピア様に不機嫌《ふきげん》な顔を見せたり、反論するなんてありえませんから。その瞬間《しゅんかん》ルッツ家は消されます。それに、世界でまだ数人しか手に入れていない技術を知ることができるなんて、正直なところプライドが満たされて、頑張《がんば》るぞー！　って気持ちになります。だから、いずれピア様の弟子《でし》称号《しょうごう》を得られるように、ビシバシ厳しめに教えてください！」

なぜルッツ子爵家《ししゃくけ》が消されるのか意味不明だが、彼女がたくましいことはよくわかった。

そういえば、アンジェラはジェレミー様との婚約《こんやく》時代、ローレン子爵家を訪《おとず》れたことがあるのではないだろうか？　ローレン家の、団長の普段《ふだん》の様子はどうなのだろう？

この話題に嫌《いや》がる気配がないか窺《うかが》いながら、アンジェラに聞いてみた。

「アンジェラは……もうジェレミー様のこと、なんとも思ってないのよね？」

「なんです？　藪《やぶ》から棒に。私の現在のターゲットはもちろんガイ先生ですよ？」

「じゃあジェレミー様のことを聞いてもいい？　医療師の生活にちょっと興味があって。どうしてアンジェラはジェレミー様の婚約者になったの？　医療師の妻としての適性とかあるのかしら？」

アンジェラがなぜか心配そうな顔をした。

「ピア様……他の男の話なんてして大丈夫《だいじょうぶ》なんですか？　まさかジェレミー様に気があるわけじゃないですよね？」

「え？　ああ、えっと、私が医療師に興味を持ったきっかけはうちの凄腕《すごうで》でダンディーで落ち着いた、ジェレミー様とは真逆な医療師先生だから。安心して？」

実際クリス先生の優《やさ》しいだけでないクールな一面を知り、私はすっかりファンである。

「ええっ？　ああでもマイクさんも聞いてるくらいだから、ルーファス様にもオープンってことでいいのか。ええと、医療師の妻に適性なんてないと思います。私が選ばれたのは単純に同い年で都合がよかっただけですね」

「都合がよかったの？」

「はい。同じ子爵家といってもあちらは天下の医療師団長。うんと格上です。婚約を結ぶにあたって『医療師の仕事に口を挟《はさ》まない。結婚しても母屋《おもや》では同居しない。お金の管理は義両親。医療師は守秘義務があるから母屋で見聞きしたことは決して外に漏《も》らしてはならない』と約束させられました」

「まだ小さい頃でしょう？　随分厳しいのね」

「ジェレミー様は私にこれっぽっちも関心がなかったから、かわいそうだとも思わなかったようです。厳しいと言えば、ジェレミー様のお母様、ローレン子爵夫人《ふじん》がまた怖《こわ》くって！　目を吊《つ》り上《あ》げて『襟《えり》の開いた服なんて、はしたない！』って怒《おこ》られましたっけ。襟が開いてるっていってもこの制服程度ですよ？　それも真夏の昼間に！　しかも母屋に入れてくれないから庭のテーブルセット！　暑くてたまりませんって！」

真夏に王都のローレン子爵邸《てい》でお庭デートなの？　外……それは辛《つら》い。熱中症《ねっちゅうしょう》になる。

「お庭はやっぱり薬草がいっぱい生えているの？」

「薬草なんかなかったです。ジェレミー様、薬草採取の授業もさぼるくらいだったもの。ジェレミー様と結婚するからと思って、受講した私がばかみたいです。まあでも薬草の知識はうちの祖父の腰痛《ようつう》に役立ったからよかったけど。あ、そういえば、そう広くないお庭なのに、変なお社《やしろ》みたいなのがありました。いつもお花が供《そな》えられていたから大事にされてるような？」

「お社？　神殿《しんでん》を小さくしたような感じ？」

「いえ、言葉で上手《うま》く説明できないけれど、御影石《みかげいし》を四角錐《しかくすい》に組んでる感じです」

それは確かに珍《めずら》しい。前世的に言えば墓石のピラミッドだろうか？　私は思わずマイクに視線を送ると、マイクは黙《だま》って頷《うなず》いた。

「それはクッキーを食べる前のこと？」

「うーん、最中ですかね？　さすがに私も苦情を言ったんです。『婚約者の手前、人前でいちゃいちゃしないでほしい』と。でも、『気にすることはない』と相手にしてくれませんでした。あの女から貰ったクッキーを大事に食べているという噂《うわさ》を聞いた時は、私、嫌《いや》味《み》のつもりで『そんなに美味《おい》しいのなら私にもください』って一度言ったことがあるんです」

「た、食べたの⁉」

つい大声をあげる。もしそうならば、解毒《げどく》薬を飲んでもらわないと！

「いえ、彼は冷めた顔をして『食べてもいいけど、何があっても自己責任だよ』と言って、面白《おもしろ》くもなさそうに笑いました。私あの頃……実を言うと今より五キロ近く太ってたんです。だから結局食べませんでした」

食べてもいいけれど、自己責任？　それはアンジェラの体型を揶揄《からか》ったわけではないのではなかろうか？　それにしても五キロも痩《や》せたなんて尋常《じんじょう》ではない。

「アンジェラ……どうしてそんなに痩せちゃったの？」

「……やはり、婚約解消はショックでしたから。それに我が家は貴族の中では身分が低いから、それに伴《ともな》う煩《わずら》わしいこともいっぱい起こって……親しかった友達に遠巻きにされたり、父の仕事の取引がダメになったり……」

「そんな！　アンジェラは完全に被害者《ひがいしゃ》だったわ」

「だとしても、ネームバリューの違いです。神の手を持つローレン医療師団長は悪くないんです。私に、ルッツ家に何か非があったのだろう、と世間は勝手に解釈《かいしゃく》するんです」

「理不尽《りふじん》な……」

〈マジキャロ〉の悪役令嬢《れいじょう》は私、エリン、アメリア様、シェリー先生、アンジェラの五人だった。私にはルーファス様の支えがあった。エリンとアメリア様は当然傷ついたけれども、二人とも侯爵家《こうしゃくけ》の令嬢。表立って非難してくる人間は少なかっただろう。そしてシェリー先生は、やはり傷ついただろうけれど大人だから、自分の力で噂が及《およ》ばない他国に留学できた。

アンジェラだけが、噂好きの名もなき批判者の餌食《えじき》になったのだ。

そうとも知らず、一番弱い立場の彼女を、肝《きも》の据わったたくましい子だなんて思ってた……。

「アンジェラ、ごめんなさい。気がついてあげられなくて。私がもっと早くあなたを訪ねていれば」

「え？　私たち全員、得体の知れない罠《わな》を前にどうすることもできなかったじゃないですか。以前も言いましたが、あの女にハマるジェレミー様を深追いしないようにアドバイスしてくれたルーファス様に、感謝しています。おかげで潔白を証明できましたもの」

「そう？」

「はい。もしアドバイスがなければ、私は間違《まちが》いなく彼女に文句を言いに行きましたよ。だって彼女は男爵《だんしゃく》令嬢だったから、私は戦ってもいい相手だったのです。王太子殿下まで味方につけていたなんて知らなかった頃ならばなおさらに。危なかったです」

アンジェラはきちんとあの一連の出来事を自分なりに考察し、納得《なっとく》しているのだ。

「逆に騒動《そうどう》のあと、私はいつまでもウジウジしていたのに、ピア様は自ら毒の正体を見つけるために国中の廃坑《はいこう》を駆《か》け回《まわ》っていたと。それを聞いて、私も気持ちを吹《ふ》っ切《き》って素敵《すてき》な人を見つけて、我が家に陰口《かげぐち》を叩《たた》いた人たちを絶対に見返そうと思ったんです」

そんな大層なことをしたわけではないけれど……面倒《めんどう》なことは全部ルーファス様に丸投げしたし……。でも、アンジェラの気持ちが前向きになるきっかけになったのであれば、よかった。

「それに、回復したあとジェレミー様が頭を下げに来てくださったんですが、とっても淡々《たんたん》としてて、格下相手の謝罪など口だけといった感じで。復縁《ふくえん》のふの字も出なかったですし、あんな人と縁が切れてよかったです。でも、昨年の剣術《けんじゅつ》大会でヘンリー様がエリン様に縋《すが》るさまを見て、羨《うらや》ましく思ったのも事実ですが……」

そこでふふふっと笑うアンジェラは痛々しかった。

「失礼ですが、ローレン子爵家はルッツ子爵家に賠償《ばいしょう》はされたのですか？」

マイクがさりげなく口を挟む。

「仲介《ちゅうかい》した王家が提示した金額そのまま、プラスもマイナスもなくいただきました。最も風評被害はお金ではどうにもならないけれど」

アンジェラの言うとおりだ。誠意が全く感じられない。思わず額に手を当てる。

「とにかく、私はジェレミー様よりもうんと私に興味がある人と婚約すること、そしてピア様の弟子の称号をゲットして、経済的に自立して、ちょっとやそっとの悪意ではルッツ家がばたんと倒《たお》れないようにするために頑張りますから。ビシビシしごいてください！」

彼女の立ち位置と覚悟《かくご》が、バカな私にもようやくわかった。

「……じゃあ、今度、近場の現場に一緒《いっしょ》に行ってみましょうか？　そうね、事前に採掘《さいくつ》グッズを見繕《みつくろ》いましょう。ギルドで手に入らないおすすめ品は、馴染《なじ》みの文具店と革製品《かわせいひん》の職人さんを紹介《しょうかい》するからね」

「はい！　ピア様と一緒に買い出しなんて、とっても楽しそう！　頑張ります！」

この事件が解決したら、弟子志願のアンジェラと、ミュージアム館長候補のフィリップ殿下とフィールドワークに出かけよう。そのデコボコなメンバー相手にカリカリしているルーファス様が思《おも》い浮《う》かんで、ちょっと口角が上がってしまった。

その夜、寝る前にルーファス様に時間を取っていただき、アンジェラから仕入れた話を聞いてもらった。何が必要な情報かはルーファス様が判断してくださる。あやふやなところはマイクが明日にでも補完してくれるだろう。

「ふうん。剣術大会でも似たようなことを言っていたけれど、私の見てきたジェレミーとアンジェラから見るジェレミーはだいぶ違《ちが》うようだ」

正面に座ったルーファス様は、お茶のカップをソーサーに戻《もど》しながらそう言った。

「そうなのですか？」

「うん。我々のそばにいる時は、いわゆる『可愛《かわい》い後輩《こうはい》』だったね。テキパキ動いて愛想《あいそ》もよくて」

まあ、ルーファス様とその周囲――フィリップ殿下やヘンリー様――に不遜《ふそん》な態度を取れる貴族子息なんていないだろう。

「自分よりも立場が下である者に態度を変えるタイプの人間だったか……まだ学生の分際で愚《おろ》かなことだ」

さすが、誰に対しても一貫《いっかん》して態度を変えないルーファス様の発言は、説得力がある。

私は果実水を飲みながら小さく笑った。

「アンジェラの話を聞いて、ジェレミー様は婚約解消を全く痛みと思っていないように感じました。どちらかというと、それも織《お》り込み済みだったような？」

婚約解消は婚約破棄《はき》ほどではないものの、結局女性のほうが醜聞《しゅうぶん》になる。しかし、男性だって無傷ではない。順風満帆《じゅんぷうまんぱん》な出世を望むのであれば、絶対避《さ》けたい事柄《ことがら》だ。にもかかわらず取り繕うことなく、淡々と既定《きてい》路線のように受け入れたという……。

「つまり、医療師団長のみならず、ジェレミーもグルだと？　それも現在の殿下の回復を阻害《そがい》しているだけでなく、毒クッキーの頃から絡《から》んでいると言いたいんだね？」

「考えすぎでしたらごめんなさい。だからといって動機は何も浮かばないのですが」

「いや、思いついたことはなんでも言ってほしいよ。いろんな角度で見たほうが真実に早く辿《たど》り着くからね」

ルーファス様はそう言うと、しばらく腕《うで》を組んで考え込まれた。私は伝え終えてホッとして、窓辺に赴《おもむ》く。晩秋の澄《す》んだ空に月が輝《かがや》いている。少し欠けた月に薄《うす》い雲がかかる。どこか物悲しい虫の音が胸に染《し》み渡《わた》る。

「それで、ピアはどうしてそんなにシュンとしているの？」

ルーファス様に声をかけられて、慌《あわ》ててカーテンを閉めた。戸締《とじ》まりをと思って席を立ったのだった。振《ふ》り返《かえ》ると彼も立ち上がり、私を真っすぐ見ながら近づいて来た。何も言い逃《のが》れることなどできない。

「……アンジェラと私は立ち位置が一番似ています。貴族とはいえ生家に大した力はなく、婚約者の家のほうがうんと格上で、政略の縁で婚約を結んだ。私は相手が情の深いルーファス様だったからこうして平和に暮らしておりますが、アンジェラは……私の未来の姿の一つだったのだと……思って」

ルーファス様が顎《あご》に手をやって、言葉を選びながら話す。

「……確かに私とピアもスタートは政略だ。父が我が派閥《はばつ》にロックウェル伯爵《はくしゃく》を招き入れたくてピアとの婚約話を決めて、整えた。それは間違いない」

彼が一歩足を踏《ふ》み出し、私の腰《こし》に両手を回した。

「でも、ピアと書面で契約《けいやく》したあの日、私は己《おのれ》でピアを選んだ。ピア以外にいない。ピアしか欲《ほ》しくないと。ただの偶然《ぐうぜん》でピアと出会ったのだとしても、私があの瞬間それを必然に変えた」

ルーファス様はにこっと笑って私との間を詰《つ》める。思わず後ずさると、背中が壁《かべ》に当たった。

「ねえピア。あの日、十歳で既《すで》に君はもう私のものになっていたんだよ？　アンジェラとは全く違う。愛する君をアンジェラのようなふわふわした立ち位置に置いたことなどないけれど？」

息を呑《の》む私の唇《くちびる》をルーファス様の親指がゆっくりとなぞる。

「もし私が愚かにも例のクッキーを食べて、結果ピアに婚約破棄を切り出されても絶対に承諾《しょうだく》しなかっただろうね。ヘンリーよりもみっともなくピアに泣きついたはずだ」

「ルーファス様がそんなこと」

話の途中《とちゅう》で唇を指で押さえられ、言葉が続けられない。

「なんにせよ、私はジェレミーのように淡白《たんぱく》ではない。全力でピアを手に入れた。今後は全力でそれを死守する。少し窮屈《きゅうくつ》だとは思うけれど、許して？　ピア」

壁とルーファス様に挟まれて、窮屈なキスを受ける。彼の右手は私の頬《ほお》を優しくなぞり、上から食べられるように唇を奪《うば》われて、私の体から力が抜《ぬ》ける。そんな私を彼は掬《すく》うように抱《かか》え上げ、自分の首元に私の顔を押しつけた。

「はあ……ここまでなんて生殺しだ……母上め……」

ルーファス様の石鹸《せっけん》の香りに包まれて、私の不安はどこかに消え去った。

冬になる前に陛下依頼《いらい》の近場の測量を、マイクとサラとギルドの新人さんをお供に三件ほど済ませて我が家に戻ると、ルーファス様が魅力的《みりょくてき》な計画を立てていた。

「ミニ音楽会、ですか？」

「うん。フィルが退屈《たいくつ》しているから、仲間内で得意な楽器を持ち寄って演奏して聞かせようと思って。幼い頃、大人たちにやらされていたんだよ。もちろんピアも聴《き》きにきてね」

何かお考えがあるのだろうけれど……疑問点は経験上きちんと聞かないと。

「何か解決の糸口になる集まりということですよね? 私にできることはありますか?」

「ピアの役割は、フィルと一緒に積極的に楽しんでくれること。正直者のピアは詳《くわ》しく話すとぎこちなくなるから、このあたりで許してくれる？」

よかった。ルーファス様がきちんと言えることと言えないことを包み隠さず教えてくれた。それが妻としての援護射撃《えんごしゃげき》になるのなら、全力を出すのみ。

「わかりました。私、完璧《かんぺき》な観客になります！」

「ピア……ありがとう。それで舞台《ぶたい》装置の設営に義兄上《あにうえ》にご協力いただきたいんだ。だから今からちょっとロックウェル家に行こうか？　この時間は在宅のはずだ」

「ん？　兄ですか？」

兄は私と同じくらい楽器に縁のない人間なんだけど？

王都のロックウェル邸には実はアカデミー帰りにちょくちょく寄っている。日々増える一方の資料やレポートを、これまでの私の部屋に置かせてもらっているのだ。私のあの膨《ぼう》大《だい》な紙束で、可愛らしい新居を埋め尽《う》《つ》くすのは忍《しの》びなく……。

ということで、特に変わった様子のない実家に里帰りした。

「ただいま帰りました〜」

「あらピア、お帰りなさい。まあ、ルーファス様もご一緒なの？　ごきげんよう。ピアはご迷惑《めいわく》をかけてないかしら？」

「お義母上《ははうえ》、ご無沙汰《ぶさた》してます。毎日楽しく過ごしています」

「それが一番ね！　どうぞ居間へ」

「その前に、義兄上はご在宅ですか？」

「ラルフ？　ええ。今日は戻っています」

「では、ちょっと先に挨拶《あいさつ》してきます」

ルーファス様は十年通った家なので、さっさと二階の兄の部屋に向かってしまった。

母と居間でお茶の準備をしながらルーファス様を待つ。今日の来訪目的を聞かれ、今度フィリップ殿下を励《はげ》ますために有志が音楽会を開くこと、それになぜか兄の協力が必要らしく、ルーファス様と共にやってきたことを話した。

お茶の缶《かん》をこじ開けていた母の手が、わかりやすく止まった。

「……王子殿下の快癒祈念《かいゆきねん》の音楽会に、どうしてピアがお呼ばれされちゃうの？　とんでもない有志だと思うのは私の思い過ごしかしら？　おまけにラルフもお手伝い？　爆弾《ばくだん》を増やしてどうするの。急に頭が痛くなってきたわ……とりあえず、カイルさんのところのお菓子《かし》をラルフには持たせましょう。ピアはとりあえずワンピース……いえ王宮の音楽会ならば小規模でもドレス？　紺色《こんいろ》のものを作らないと……」

「お義母上、そのあたりは私が手配しますのでご安心ください。義兄上の殿下への手土産《てみやげ》がカイルの店の菓子というのはいいチョイスだと思います」

ルーファス様がいいタイミングで戻ってきて、母の思考をぶった切った。

「ルーファス様、兄はなんと？」

「うん。協力を快諾《かいだく》してくださったよ。義兄上は本当に頼《たよ》りになる」

私と同じ、社交性ゼロの研究バカである兄を、頼りになるなんて言ってくれるのはこの広い世界の中でルーファス様だけだ。思わず母と二人、胸の前で手を合わせて涙《なみだ》ぐみながらルーファス様に祈《いの》る。

「……はあ。この家は自分たちがどれだけ社会の役に立っているか全くわかってない。まあでもこういう人種は憂《うれ》いなく研究に没頭《ぼっとう》できるか否《いな》かが全てだからな。私が丸ごと守ればいいだけだ。ロックウェルを食い物にしようとする愚か者には……」

「ルーファス様？　食い物？　お腹《なか》がすいたのですか？」

「あ、いや。ん？　いい香りだ。お義母上、お茶をいただけますか？」

「あら？　途中だったわ。ちょっと待ってくださいね。そうだ、ピア、さっき収穫《しゅうかく》したばかりのお芋《いも》でスイートポテトを作ったけど、持って帰る？」

「やった！　持って帰ってサラと食べます！　ありがとうお母様！」

スイートポテトは前世の記憶《きおく》を参考に、私がうちのシェフに作ってもらったのが始まりだ。最初は自分で作ろうと思ったが、私は料理の呪《のろ》いにかかっているものだから……。

「スイートポテト？　初耳です。お菓子ですか？」

まさかのルーファス様が食いついてきた⁉　やはりお腹が空いてるの？

「る、ルーファス様？　あの、極《きわ》めて庶民《しょみん》的なお菓子なのです。ルーファス様が召し上がるようなものでは……ね、ピア？」

「そう！　ルーファス様、あくまで芋なんです。カイルや侯爵家の洗練されたお菓子とは違うから、無理に食べなくても……」

母と二人、お茶を淹《い》れながらルーファス様の気まぐれを回避《かいひ》しようと説得する。

「でもピアは大好きだからはしゃいだのだろう？　素朴《そぼく》な家庭の味ってことだよね？　ピアが好きなものはなんでも知りたい。お義母上、私にも分けてください」

こうまできっぱり求められたら応じるしかない。私は厨房《ちゅうぼう》に行って、くりぬいた皮に生地《きじ》を入れて焼いた、そのまんま芋のスイートポテトをお皿に盛りつけてルーファス様の前に差し出した。ルーファス様は「いただくね？」と言ってフォークを刺《さ》した。

「これは……芋の温かくて優しい風味がそのままだ。思ったほど甘くないし……ねえピア？　味がしっかりしているしネットリしているから、薬を混ぜても違和感《いわかん》なく食べやすいんじゃないかな？」

「あ……」

フィリップ殿下のことが常に頭にあるルーファス様のほうが……もっともっと優しい。

「……庶民の味も社会勉強ってことで、音楽会にお持ちしてみましょうか？」

私がそう提案すると、

「やめてえぇ！　恥《は》ずかしすぎるぅ！」

と、母が全力で止めてきた。そこへ父が泥《どろ》のついた格好のまま籠《かご》を持って入ってきた。

「お、ルーファス様いらっしゃい！　ちょうど芋が焼けました！　食べていきますか？　痩せた土地でも育つ芋をここしばらく研究していたのですが、ようやく味が追いついてきました。ほっくほくで甘いですよ」

「……お義父上！　なんて素晴《すば》らしい！　もちろん食べさせてください！」

「だから、ルーファス様に芋を勧《すす》めるのはやめてえぇぇ！」

晩秋の空に、母の絶叫《ぜっきょう》がこだました。

いよいよ小さな音楽会当日だ。私がルーファス様と一緒に馬車を降りて、王宮の玄関《げんかん》をくぐろうとすると、

「ピア!」

エリンが手を振りながら私に呼びかける。その横にはバイオリンのケースをうやうやしく両手に持っているヘンリー様。

エリンは自身の瞳《ひとみ》と同じ色合いの、深い藍色《あいいろ》の飾《かざ》り気《け》のないシンプルなドレスだ。きっと演奏がしやすいデザインなのだろう。パートナーのヘンリー様は黒のタキシードで、それは私の隣《となり》にいるルーファス様も同様だ。

本日の男性の演者陣《じん》は全員楽団のそれっぽくタキシードで統一したそうだ。はじめは燕《えん》尾服《びふく》という話だったけれど、しょせんアマチュアなのだから、そこまで張りきらなくてもいいだろう、とルーファス様が鶴《つる》の一声を発したらしい。

皆《みな》まだ十代なのに、タキシードも燕尾服も普通《ふつう》に準備しているのね……と、高位貴族の格の違いを痛感した。何を着てもルーファス様は様になるけれど、シンプルなタキシードだと素材の良さがますます映《は》える。

そのように演者が正装なのならば、聴衆《ちょうしゅう》もカジュアルでいいわけがない。私はいつの間にかクローゼットに鎮座《ちんざ》していたペパーミント色に濃《こ》い緑の刺繍《ししゅう》が施《ほどこ》された初おろしのドレスを着て、誕生日に譲《ゆず》り受けたダイヤのネックレスに、髪《かみ》はアップスタイルという

いでたちだ。

ドレスはさておき、ダイヤは抵抗《ていこう》する間もなくルーファス様につけられた。抗議《こうぎ》しようとすると、

『ピアがスタン家の可愛い奥《おく》さんであることを皆に見せつけたいんだけど……それは私のワガママかな？』

と、ルーファス様に上目づかいに言われて、

『こ、光栄です……』

としか言えなかったチキンっぷりである。

「エリン！　久しぶり。ホワイト領から戻っていてよかった。ヘンリー様はなんの楽器を演奏されるのですか？」

「俺は本来トランペットなんだけど、皆に騒音《そうおん》反対！　って止められて今日は観客」

「私と一緒ですね！　心強いです」

ヘンリー様がいなければ、観客はフィリップ殿下と私だけになってしまう。殿下の表の護衛も兼《か》ねているのだろうヘンリー様は、おそらくルーファス様の計画の全てをご存じだ。私がじっと見つめると、小さく頷き返してくれた。

今日の参加者は厳選されたメンバー……懐《なつ》かしの『小さなお茶会』初期メンバーだ。結局のところ、病床《びょうしょう》のフィリップ殿下の下に行ける顔ぶれなど決まっているのだ。

皆様の楽器はエリンがバイオリン、アメリア様がハープ、エドワード殿下がチェロ、ジェレミー様がピアノだ。

ジェレミー様はお茶会初期メンバーではないが、「毒クッキー仲間だから殿下が無様な姿を晒《さら》しても恥ずかしくないと言っている」という理由をつけて、参加を呼《よ》びかけた。それが功を奏したのか？　騒々《そうぞう》しいことに真っ先に反対しそうな王妃様も医療師団長もこの集まりにストップをかけなかった。

「楽譜《がくふ》が送られてきてから、殿下のために毎日練習してきたけれど、緊張《きんちょう》するわ……え？　でもルーファス様ではなくてジェレミー様がピアノなの？」

王宮の使用人に先導されて四人で控《ひか》えの間に向かっていると、エリンが問いかけた。

「ジェレミーはピアノが得意だと言うからね。譲った」

つまり今日はジェレミー様ありきの作戦だということだ。ルーファス様はジェレミー様も犯人の一人だと断定したのだろう。彼が必ず参加する環境《かんきょう》を整えたのだ。

「あら？　じゃあルーファス様は何をお弾《ひ》きになるのですか？」

「バイオリンだ。エリン、よろしくね」

「いやあああああ！」

エリンがふらりと立ちくらみをしたのを、ヘンリー様が「おっと」と、後ろから支える。

「なんで、なんでよりによってバイオリンなのですか？　楽器なんて他にもたくさんあるじゃないですかっ！」

「仕方ないだろう？　手元にバイオリンしか残ってなかったんだ。ああ、メインのパートはエリンに譲るから」

「そういう問題じゃないのー！」

エリンの瞳に涙が溜《た》まる。気の毒すぎる……。

「それにしてもルーファス様、バイオリンも弾けるのですね？　もはやできないことのほうが少ないのでは？　ピアノよりも得意だったりして」

「何をバカなこと言ってるんだか。ピアノもバイオリンもエリンのようにプロに認められるほどじゃないさ」

「えっ、私がルーファス様のピアノを取っちゃったってことですか？　ごめんなさいっ！」

私たちの声は大きかったらしく、控えの間に着くや否やジェレミー様が深々と薄紫《うすむらさき》色の頭を下げてきた。その姿はとても庇護《ひご》欲をそそるものだ。

しかし、私はジェレミー様にこうして会うより先に、アンジェラの話を聞いているから、一歩引いて観察する。

「ジェレミー、気にすることはない。我々はルーファスのピアノをもう十分に聞いたことがあるからね。バイオリンは初めてだから、こっちのほうが面白い」

エドワード王太子殿下が爽《さわ》やかに手を上げて声をかけてくれる。私たちは略式の礼を取った。

「でも、エリン様の気持ちはわかるわ。ルーファス様がハープでなくてよかった。あとで女性だけで、エリン様の愚痴《ぐち》を聞く場を設けてあげる」

この世界のハープは大型で、足を少し開いたほうが演奏しやすいらしい。ということで、アメリア様は前世的に言えば、フレアのキュロットのような、深紅《しんく》のドレスだ。

「アメリア様！　そう言っていただけて、少し気持ちが上向きになりました！」

エリンがアメリア様のもとへ小走りで駆け寄り、ふんわり抱擁《ほうよう》した。美女二人の抱擁、絵になる。そんな二人にヘンリー様は空気を読むでもなくずかずかと割り込んで、エリンにバイオリンをケースごと渡した。

「じゃあエリン、頑張れよ。ピアちゃん、行こうか？」

私が意図がわからず首を傾《かし》げると、

「私たちは、今から一度音を合わせてから殿下の前で本番だ。ピアはヘンリーと先に殿下のもとに行って、待っていて」

そうか、たった今から初めての音合わせをするのだ。当日だけの練習とは、高位貴族子女ってすごい。

「はい！　皆様《みなさま》の演奏、楽しみにしています」

私は差し出された腕に手を添えて、ヘンリー様のエスコートで控えの間を出た。

二人きりになった瞬間、ヘンリー様の顔が騎士《きし》のものになった。黒タキシード姿の細マッチョ騎士。前世のスパイ映画の主人公のようだなあと思って、つい呑気《のんき》に微笑《ほほえ》んだ。

「ピアちゃん。あと少し離《はな》れて歩いてくれる？　剣《けん》が抜きにくい」

この王宮に帯剣《たいけん》してきて、それを見逃されている？　そんなことを許可できるのはただ一人だ。

「……はい。いざという時は私のことなど突《つ》き飛《と》ばしてくれて構いませんので」

私がそう言って頷き、半歩距離《きょり》を取るとヘンリー様はぎょっとした顔をした。

「ピアちゃんを突き飛ばす？　それは無理。俺が殺される。ピアちゃんの護衛も兼ねてるからね」

先日も伺《うかが》った、フィリップ殿下の私室に通された。扉《とびら》が開かれると途端《とたん》に明るい光が射《さ》し込んだ。前回よりも随分と健康的な光景でホッとする。二人で略式の挨拶をした。

「殿下、もうすぐ始まりますが、お加減はどうですか？」

「殿下、今日は観客としてご一緒させてくださいね……って、え？　お兄様？」

カーテン部分を緩やかにドレープをつけて結ばれたベッドで、ヘッドボードに寄りかかり、高貴な笑《え》みを浮かべるフィリップ殿下のすぐ横には、なぜか私の愚兄《ぐけい》が座っていた。

「先に来て音響《おんきょう》の準備をしてくれたラルフも是非《ぜひ》残るように誘《さそ》ったんだ。皆の演奏に興味があると言って、喜んで付き合ってくれることになった」

兄が音楽の演奏に興味がある？　ありえない。てっきり事前の準備だけで退散すると思っていたのだけれど……しかしだからこそ、何か意味があるのだ。

「まあ、お兄様と一緒に音楽鑑賞《かんしょう》なんて嬉しいです。めったにない素晴らしいものが聞けると思います。私もわくわくしています」

「うん。元気そうなピアと会えて嬉しい。ヘンリー様、はじめまして。妹がいつもお世話になっております」

兄はシンプルな紺のスーツ姿でヘンリー様に頭を下げた。紺は間違いなく母の差し金だろう。ロックウェルとコックス家では同じ伯爵位でも格が違う。代々体を張って国を守ってきたコックス家に、芋をホクホク焼いている我が家が先に頭を下げるのは当然だ。

「あなたが軍研究部の爆音魔術師《ばくおんまじゅつし》と呼ばれるロックウェル大尉《たいい》……ご高名はかねがね伺っております。ヘンリー・コックスです」

ヘンリー様がビシッと兄に敬礼をした。そうか、兄も軍から給料を得る身分として、便宜上《べんぎじょう》階級を持っているのか。研究の話はすれど職場の話はしないので、知らなかった。

それで、爆音魔術師？　面白いネタが手に入って兄に向かってにやけると、手の甲《こう》をぎゅっとつねられた。ひどい。

私たちは殿下の周りに椅子《いす》を配置し座る。やがて一カ月ぶりにお目にかかった殿下は心なしか顔色も良く、頬もふっくらしたような？　そう思ってついマジマジ見ていると殿下は人差し指を自分の口の前で立てて、サラサラの紫紺《しこん》の髪で輪郭《りんかく》を隠した。

「それにしても、もう〈妖精《ようせい》のハート〉はピアの手に渡ったの？　そこまでしなくてもピアが誰のものかは、皆わかっていると思うが……ああ、母上が駄々《だだ》を捏《こ》ねていたから……」

「殿下？」

「いや、スタン侯爵夫人とピアが仲良さそうで羨ましいと思ったところだ。そういえば、今日はスイートポテト？　というお菓子をお土産に持ってきてくれたのだろう？」

「はあ？　ピア！　まさかうちのやつか？　お前、あれはうちの畑で穫《と》れすぎた芋の消費のために考案したやつじゃないかっ！　ど庶民の食べ物をあろうことか王宮に持ち込むなんて、何考えてんだ！」

「もちろんルーファス様がいろいろお考えの上でのことだもん！」

「ふふふ、ピアとラルフは仲良しだね。でも、穫《と》れすぎるほどの芋なんて……東部のウェダー地方などで栽培《さいばい》できないだろうか？　あの土地は残念ながらここ数年、農作物が不作続きでね……」

「我々、農業は全く詳しくなくて。父に間違いなく伝えておきます」

「父はあとは味の改良だけだと言っておりました」

「ありがとう。期待しているね」

兄と二人で頭を下げると、殿下がもったいない言葉をかけてくださった。

二年近くも毒に体を乗っ取られていたはずなのに、殿下は最近の国民の様子を把握《はあく》していらっしゃる。やはり早く回復して、表に出てどんどん活躍《かつやく》してほしい。

そうして四人で和やかに歓談《かんだん》していると、扉がノックされて、使用人を皮切りに先ほどの顔ぶれが並んで入ってきた。開演だ。

「兄上。ここに兄上の回復を願う皆が揃《そろ》いました。少しでも兄上の気持ちが休まって、早く元気になるように願いを込めて演奏いたします」

エドワード殿下がそう挨拶をすると、フィリップ殿下は力なく微笑み、張りのない声で言った。

「ありがとう。楽しみにしていた。では早速《さっそく》聞かせてくれ」

演者それぞれが配置につき、数回音を鳴らして音程を合わせたあと、エドワード殿下の合図でジェレミー様のピアノから演奏がスタートした。

最初は我が国の古い民族音楽で、ピアノとどこか懐かしいアメリア様のハープの音色が牧歌的な風景を紡《つむ》ぎだす。やがてエリンのプロの叔母様仕込《おばさまじこ》みの独奏がはじまり、伝統と現代の流行《はや》りを織り交ぜたような新しい曲を、体を揺《ゆ》らしながらかっこよく弾き鳴らす。

やがて、どんどん早弾きになるエリンにルーファス様とエドワード殿下が加わり、華《はな》やかな弦楽器《げんがっき》の饗宴《きょうえん》になったわけだが——。

「ルーファス様、バイオリンもたしなむんだな。忙《いそが》しいだろうに一体いつ練習しているんだ？」

兄がポカンと口を開けっぱなしでそう言った。

「私も初めて聴きました。これって……観客からお金を貰《もら》えるレベルでは？」

私も口を開けっぱなし、かつ目が点になりながらそう答えた。

「ルーファスはほとんどの楽器をそこそこ弾けるよ？　ピアちゃん知らなかったの？」

「……知りませんでした」

「ピア、ルーファスは人に評価してもらうために努力するタイプではないんだよ」

演奏の邪魔《じゃま》にならない小さな声で、私の知らないルーファス様の一面を教えてもらっていると、演者全員が体を揺らし、それぞれの楽器を最大限ダイナミックにアピールし始めた。

はじけるような明るい曲調に、思わずつま先でリズムを刻んでいたら、調子のいいサビの部分がもう一度繰《く》り返されて、ジャジャジャジャンっと音を揃えてフィニッシュした。

私と兄とヘンリー様は惜《お》しみない拍手《はくしゅ》を贈《おく》った。ルーファス様はじめ五人は皆立ち上がって、フィリップ殿下に深々と頭を下げた。

「皆、今日は私のために本当にありがとう。それぞれに忙しい身の上だというのに……感動した。皆の忠義が身に染みた。早く元気になるよう、治療に専念するよ。さあ、ささやかだが別室に軽食を用意している。しばらく楽しいひとときを過ごしてほしい。私は……参加したいところだが、やはり疲《つか》れてしまった。少し横にならせてもらうね」

殿下はそう言うと、細く息を吐《は》き、静かに身を横たえ目を閉じた。

するとヘンリー様がいつにない慎重《しんちょう》な手つきで、殿下の布団を掛けなおし、殿下を丁寧《ていねい》に包み込んだ。

「ピア、殿下には静かにお休みいただき、我々はお言葉に甘えよう。義兄上もご一緒に」

バイオリンを手にルーファス様が迎《むか》えに来てくれたので、私は流れに沿って他の皆様と共に殿下に一礼して退出した。

シンと静まったフィリップの居室の扉が静かに開いた。足音を忍ばせ入室したのはジェレミー。真っすぐベッドで横たわるフィリップの枕元《まくらもと》に歩み寄り、寝息を立てて眠《ねむ》っているのを確認《かくにん》する。

「殿下、いい加減早くくたばってくれないかな？　でないとうちの家族、消されちゃうんだけど？　プレッシャーがもう……」

無表情でそう呟《つぶや》くと、ベッドサイドのワゴンに置いてある薬瓶《くすりびん》を手に取った。

「父上のやり方は呑気すぎる……」

その薬瓶は、結果の出ない殿下に対し、昨日から医療師団長が追加した薬だ。蓋《ふた》を開け、手のひらに少し出してぺろりと味見をした。この溶解度《ようかいど》ならば、まだ追加できることを確認する。

「もう死んでくれ」

胸ポケットから茶色い薬包を取り出して、サラサラサラと瓶の中に流し込む。顆粒《かりゅう》がゆっくりと液体に溶《と》けていく様子を眺《なが》めていた時、突然《とつぜん》隣にあった真っ白な布団が目の前に広がり、視界が塞《ふさ》がれた。と思った瞬間、喉元《のどもと》にナイフが当てられていた。

ジェレミーがゆっくりと眼球だけ横に動かすと、己を睨《にら》みつけナイフを突きつけているのは……他でもないフィリップだった。


殿下の準備してくれた軽食の並ぶ休憩室《きゅうけいしつ》からジェレミー様がふらりと、さもお手洗いにでも行くかのように出た瞬間、ルーファス様とヘンリー様が動いた。

残された者たちは息を詰めて成り行きを見守っていると、ヘンリー様が速足で戻ってきて、エドワード王太子殿下の前に跪《ひざまず》く。

「確保しました」

「ご苦労様」

エドワード殿下が速足で部屋を出て、ヘンリー様も続く。

アメリア様が立ち上がった。

「私たちもまいりましょう」

私が危険と思われる場に行くことを、ルーファス様は嫌がるかもしれない、とちらりと思い、躊躇《ちゅうちょ》した。すると、

「ピア様、証人は多ければ多いほどいいの」

アメリア様が目を細めてそう言った。私だって顛末《てんまつ》を見届けたいと思っていたのだ。エリンと頷き合って、アメリア様の一歩後ろを追従した。

フィリップ殿下の部屋で目に入ったのは、ガウン姿でベッドに腰かけているフィリップ殿下とその横にたたずむエドワード王太子。そしてその前でヘンリー様に押し倒されているジェレミー様に少し離れた位置であたりに気を配るルーファス様。

どういう状況《じょうきょう》か今一つ理解できていない様子の王宮の護衛の皆様は、そわそわとその外側を取り囲んでいる。

「ジェレミー。私の部屋に『父に頼《たの》まれた』と護衛に言って堂々と入り込み、得体の知れないものをひそかに飲ませようとした時点で死罪だが、申し開きは？」

フィリップ殿下の言葉に、なぜかジェレミーは悲しげな顔を作った。

「ああ殿下！　お気の毒に。幻覚症状《げんかくしょうじょう》が出ているのですね！　私と和《なご》やかに歓談していたのに突然、ナイフなど持ち出して……すぐに父を呼び、診《み》てもらいましょう！」

なんと、ジェレミー様は殿下の発言が妄想《もうそう》だ、と言っている。確かに〈マジックパウダー〉に幻覚の症状があることを、ここにいるメンバーは知っている。だから毒の抜けていない殿下の発言など信用できないと皆を納得させようとしている。あまりに不敬だ。

フィリップ殿下が目を細め、ジェレミー様の顔をねめつける。

「なるほど。私の発言など証拠にならないと言うのだな？　ならば、お前自身の発言ならばどうだろう？　ロックウェル大尉！」

「はい」

兄が背後から前に出て、殿下のそばに歩み寄った。兄の存在をすっかり忘れていたのだけれど、何事だろうか？

兄は殿下のベッドの足側に下りている重い緋色《ひいろ》のカーテンをぐいっと開いた。するとそこには大きな金属の傘《かさ》部分がこちらを向けて置いてあり、下部には木箱。そして木箱からロープが上に伸《の》びてベッドの天井《てんじょう》の梁《はり》に取り付けられた滑車《かっしゃ》に繋《つな》がり、その先に錘《おもり》が垂れ下がっている。

「これはねえ、ここにいるロックウェル大尉の発明品、いわゆる録音機だ。今日の素晴らしい演奏を皆が帰ったあとも繰り返し聴いて、このベッドから出られない生活の慰《なぐさ》めにしようと思ってね、大尉に設置してもらったんだ。大尉、どうかな？」

兄は木箱の中を覗《のぞ》き、状態を確認する。

「はい。演奏から今まで問題なく針が振動《しんどう》をロウ盤《ばん》に伝えております。正直なところ先ほどの演奏は素晴らしすぎて、私のこの録音装置では再現できるはずもないのですが、話し言葉くらいならば、なんの問題もないかと」

「そう。じゃあ最後のほうだけ再生してくれる？」

「かしこまりました。しばしお待ちを」

皆息を詰めて、兄がゼンマイを巻き戻したり、録音から再生仕様に機材を変更《へんこう》したりしているのを見守る。ジェレミー様もその様を身じろぎもせずに見つめている。

「では、最後の数分のところに針を落とします」

兄の言葉に、皆耳を凝《こ》らす。かなりの雑音まじりだが、演奏のクライマックスが流れ、私たちの拍手が起こった。そしてフィリップ殿下の労《ねぎら》いの言葉が機械のすぐそばだったからか、はっきりと聞き取れた。

そして、ざわざわと退出する物音、そしてしばしの無音のあとカチャリと扉が開き、かさかさと何かの気配がしたあとに、声が入っていた。

『殿下、いい加減早くくたばってくれないかな？　……もう死んでくれ』

「ひっ！」

エリンの悲鳴が聞こえると同時に、ジェレミー様が急に暴れ、押さえつけていたヘンリー様を渾身《こんしん》の力ではねのけた。

「くそっ！」

ヘンリー様が体勢を整えようとした時、ジェレミー様が左手に嵌《は》めていた大ぶりの指輪をぐるりと回し、その手を口に運ぶ。

その瞬間、ルーファス様が距離を詰めて右足で踏み切って跳《と》び上がり、左足でジェレミー様の顔めがけて裏回し蹴《げ》りをかける。ジェレミー様が腕ごと蹴りはらわれて吹っ飛んだ！

「指輪は毒だ！　飲ませるな！　マイク！」

ルーファス様の合図で、周囲にいたマイクと王宮の護衛がダダッと駆け寄り、ジェレミー様を再び押さえ込んでいたヘンリー様に加勢した。多勢に無勢、ジェレミー様はあっという間に後ろ手に縄で縛《しば》られた。

「そうよ……ピアのお兄様は音の専門家でいらしたわね。昔、これと似たようなスピーカー？をいただいたことがあったわ……」

　エリンがぼそっとひとりごち、兄は場を賑《にぎ》わすためだけに呼ばれたのではなかったのだ、確実な証拠を得るために協力を求められたのだと納得した。捕まえる相手が、目撃《もくげき》証言くらいでは罪に問えない大物すぎるために。

　ジェレミー様はいつもの人好きのする表情を消し去り、猿轡《さるぐつわ》をされて連行されていった。

「ジェレミーは……皆よりも歳《とし》が近いから、親近感が湧《わ》いていたんだけどな……側近として、友人として、治世に協力してほしいと……ははは」

　エドワード王太子殿下が力なく笑った。

「殿下。私たちだってジェレミーのこと、憎《にく》めない可愛い弟のように思っておりました。誰も……見抜けませんでしたわ」

　アメリア様がエドワード殿下の背中に手を当てて慰める。

「アメリアの言うとおりだよ。本当に……許しがたい」

　フィリップ殿下はそう言って、ジェレミー様が去ったドアを睨みつけた。ふとエリンを見ると、ヘンリー様に抱《だ》きしめられたまま体を震《ふる》わせていた。

　そんな中、兄は黙々《もくもく》と機材を片付け続け、ルーファス様は……後始末の陣頭《じんとう》指揮を執《と》っていた。貴族による王子殿下への殺人未遂《みすい》。相応の身分と力を持つ者しかこの場を捌《さば》くことはできない。納得だ。納得だけれど……。

「殿下、ひとまず片付きました。さぞお疲れのことでしょう。しばらくお休みください。王太子殿下は陛下へ直接ご報告願います」

「……わかった」

「皆は一旦《いったん》帰宅してくれ。この件は法にのっとった処罰を約束するが、今日のところは他言無用だ。いいね？」

私たちは一斉《いっせい》に頷き、それぞれ、フィリップ殿下に暇《いとま》の挨拶をして下がっていった。

「ピア、疲れただろう？　どうだろう、今日は義兄上と一緒にロックウェルに帰っては？」

「え？」

ルーファス様が、今日に限って私を追《お》い払《はら》おうとしている……。思わず下唇を噛《か》む悪癖《あくへき》が出る。こんな事件のあとにルーファス様を一人に？　受け入れられるはずがない。

「いいえ、突然行っても、私の部屋は散らかり放題で寝るところなどありません。ねえ、お兄様？」

「……そうだね。申し訳ありませんが、ピアの面倒はルーファス様が見てください。よろしくお願いします」

「ああ……義兄上がそうおっしゃるなら」

ルーファス様は少し困惑《こんわく》した様子で頷いた。

先にマイクと馬車に戻って、物思いにふけりながら時間を潰していると、一時間ほどでルーファス様が戻ってきた。

「ごめん。待たせたね」

「お疲れ様でした」

「いや、予想どおりの展開だったからね」

馬車がゆっくりと走り出す。外はもう真っ暗だ。

「……あの、ルーファス様、いつから兄を巻き込もうと思っていたのですか？」

「前回フィルを見舞《みま》った時のオルゴールだね。敵は巧妙《こうみょう》でなかなか尻尾《しっぽ》は摑《つか》ませないし、摑んだところで逃《に》げきる可能性があった。医療師団長もジェレミーも皆に愛され信頼《しんらい》された『人格者』だからね。確証がどうしても必要だった」

ルーファス様はひとまず私とおしゃべりしてくれる。ふさぎ込むよりもいいと思って私は空気を読まず質問を続ける。

「でも、フィリップ殿下の部屋にはおそらく陛下の一番の影《かげ》がついているでしょう？　いざという時は彼が証言してくれるのでは？」

ルーファス様はそっと私の口に人差し指を押し当てた。

「ピア、王家の『影』の存在は侯爵家以上の秘密なんだよ？　まあ賢《かしこ》い人間はそんな存在がいることくらい想像がついていると思うけど。学長とか騎士団長なんかはね。で、『影』は存在がないから証言などできない。ただ、陛下の耳に間違いなく入るから、陛下は真実を知っている。ひっそりとした報復ならばできただろう。でも私はあいつらの罪を白日の下《もと》に晒したかった。だから裁判で確実に罪を問える確証を得るために、義兄上に協力を願ったんだ。すると今進めている研究をストップして、準備を整えてくれたよ」

どんな準備かわからないけれど、材料を揃えることだけが手間だったに違いない。兄にとっては渡りに船だったのではないだろうか？

「ルーファス様の思ったとおりの結果になったのであればよかったです。あら？　ひょっとしたら、縁組《えんぐみ》して初めてルーファス様とスタン家のためにロックウェルはお役に立てたのでは？　お兄様偉《えら》い！　今度肩《かた》でも揉《も》まなくっちゃ！」

私がパンと一つ手を叩くと、ルーファス様が首を横に振った。

「……ピア、伝わっていないようだから繰り返すけれど、私も両親も、ロックウェル伯爵家を尊敬しているよ。我々が逆立ちしても出てこない発想力を持ち、恐ろしいほどの機動力でそれを形にする」

「研究に関してはそうかもしれませんが、それ以外がポンコツだから、万年貧乏《びんぼう》伯爵家なんですよ？」

「そのあたりは今後私が整えるからね。とにかくピアとご両親と義兄上のことを私は心の底から信頼し、尊敬している。そして縁を結べたことに感謝している。役に立つ立たないじゃない。この私が妻の実家であれ心を武装せずに行ける場所ができるなんて、思いもよらなかった」

「ロックウェルに武装はやめてください！　皆腕力《わんりょく》武力ゼロですからっ！」

「武装は例えだよ。でも武力ね……」

瞬間、先ほどルーファス様がジェレミー様を蹴り倒したのを思い出した。結局、この話から離れることなどできないのだ。

「あの指輪、毒が細工してあったのですね？　それを飲ませないために手と体を同時に蹴り上げて阻止《そし》したのでしょう？」

「……姑息《こそく》だよ。毒で皆を苦しめておきながら、毒でさっさと逃げようとした」

ルーファス様が吐き捨てるように言い放つ。

「ルーファス様の判断は間違っていません。これで、フィリップ殿下は医療師団の薬を飲むふりをやめて、クリス先生の……スタンとの仲が疑われるようであれば、他の中立な立場の医療師の薬を飲み、リハビリを始めることができます」

「うん。私も今日の結果に微塵《みじん》も後悔《こうかい》はないよ？」

「では……なぜそんな、辛そうな顔をしているのですか？」

はっと驚《おどろ》いた顔をするルーファス様の頬を、私はそっと両手で挟んだ。

「ピア……気のせいだよ」

視線を足元に落としたルーファス様に、私は膝《ひざ》を寄せてますます近づいた。

「ルーファス様、私、結婚してこの半年、毎日ルーファス様を見てるんです。ルーファス様は毎日とってもかっこよくって、今日のタキシード姿もうっとりするほど素敵で、ルーファス様と結婚できたこと、夢じゃないかと今でも思います」

「……夢だと困るよ、奥さん」

ルーファス様が私の手に顔を挟まれたまま、少し頬を赤らめた。

「だからね、わかるんです。他の人にはわからなくても、ルーファス様がいつもと違うって。多分奥さんの特権です」

「ピア……」

「吐き出したら、少しはスッキリします。今がチャンスです。家に帰れば使用人の皆様がいるもの。ルーファス様は皆様に余計な心配をかけたくないのでしょう？　この車内にいるのは私とルーファス様だけです」

車内に沈黙《ちんもく》が落ちる。ルーファス様は視線を落としたまま。私は踏み込みすぎたようだ。なんともいたたまれなくなって、そっと両手を下げようとすると、左手だけ手の甲から掴まれとどまった。顔を上げるとルーファス様が、バツの悪そうな顔をしていた。

「はあ……愛する人に表情を読まれ心配をかけるなんて、まだまだ私も未熟だね」

「え……？」

「私の憂いはピアに……暴力を振るうところなど見せたくなかったことが第一。もう一つは心優しい女性陣に詳しい事情を知らせることなく巻き込んで、傷つけたことを心底申し訳なく思っている。さらに言えば、歳が近いために私たちよりもジェレミーと仲の良かった王太子殿下のことを思えばやるせなく……腹が立つ」

私は慌てて言い募《つの》る。

「あれは暴力とは言いません！　結局のところジェレミー様の命も救ったではありませんか。私はあのルーファス様の対処、正しかったと理解しています。世の中にはびこる理不尽な暴力に比べれば……」

その理不尽な暴力によって、前世の私の命は一瞬《いっしゅん》で散った。

「あらゆる暴力からピアを遠ざけてきたはずだが、一体いつそれを……？　しかしそうだね。敏《さと》いピアが本物の暴力を想像できないはずがない。私のこと……怖くなかった？」

「いいえ。本当に納得できない怖さであれば、私はその場で泣きます。私がどれだけ怖がりかご存じでしょう？」

「……そうだね」

ルーファス様が私の手を下ろし、二人の手を繋ぐように組みなおして力を入れた。

「それにアメリア様とエリンだって、もちろんショックでしょうが、フィリップ殿下を守るためにはこのタイミングのこの方法が正しかったと絶対にわかっています。私の親友は心温かいだけでなく、聡明《そうめい》です。先ほど泣いていたとしたら、きっと悔《くや》しさからです」

「そうか……ピアの言うことならば、不思議だね、すんなり信じられる」

そう言ってルーファス様は力が抜けたように口元を緩《ゆる》めた。その様子に私もホッとして、繋いだ手をぎゅっと握《にぎ》り返す。

「今日の様子では、この裏切りはここ最近のことではない。ずっとずっと昔から念入りに仕組まれていたんだ」

「………」

「なぜ見抜けなかったのか……全くふがいないよ。私としたことが、長らく騙されていたんだな……」

怒《いか》りがある程度昇華《しょうか》した今、ルーファス様の心に残ったのは、もっと早く気がついていれば殿下はこうも長く苦しまずに済んだのに……とか、自分が最初からこんな謀《はかりごと》、気がついてしかるべきだったのに情けない……という後悔と自責の念だ。

私は余った右腕をルーファス様の腰に回し、ルーファス様の胸に額を押しつけてぎゅっと抱きしめる。

「ルーファス様……昔読んだ本に『結婚は苦しみや悲しみを半分に、喜びは二倍にする』というようなことが書いてありました」

前世でよく聞いたフレーズだ。

「苦しみは半分……喜びは倍……」

「ルーファス様が手を尽くして結婚してくれたおかげで、私たちはもうその権利を獲得《かくとく》していますわ！　全部分かち合って、一緒に……乗《の》り越《こ》えましょう？」

「……そうか」

「はい」

ルーファス様が繋いだ手をほどいて、私の肩に緩く回した。馴染みの仕草に、私の想《おも》いが届いたことがわかった。だから私も体を離し、正面を向いてお互い寄りかかるようにして、力を分け合った。

心地《ここち》よい沈黙のあと、我が家まであとわずかというところで、なんの気なしに尋《たず》ねた。

「ところでルーファス様、どうしてピアノを弾かなかったのですか？　王宮ならば、ピアノ二台の連弾《れんだん》でもよかったでしょう？」

「私のピアノはピアだけに捧《ささ》げるって誓《ちか》っただろう？　自分だけの特権にしたいとピアが言ったから」

「あ……」

私のあんな些細《ささい》なお願いを、覚えてくださっていたなんて……。顔に熱が集まるのがわかる。ついもじもじしてしまう。

ルーファス様も心の整理がついたのか、声色《こわいろ》がいつものものに戻った。

「ふう……とりあえず、今回の賭《か》けは終わりだね」

冬までにフィリップ殿下の不調の原因を突き止めて、元気になってもらう糸口を見つけたほうが勝ちだった。

「今回は……円満に引き分けということでどうでしょう？」

私は隣のルーファス様を見上げながらそう提案した。

「うん。私もそう思っていた。だから敗者が勝者に贈るプレゼントは互いに欲しいものをリクエストするというのはどうだろうか？」

「えー！　いいんですか？　では私は化石旅行一択《いったく》です！　王都の西の海岸線の許可を是非もぎとってください！　軍港があるけどルーファス様の力技《ちからわざ》で！」

私はあえてはしゃいでそう言った。

「大きく出たね……うん。なんとかしよう。私のほうはね、ふふふ、ピアのピアノを聴いてみたい」

「えええっ！　わ、私、ピアノなんて弾けませんっ！」

あまりに意外で無謀《むぼう》な願いに、大慌てで顔と両の手のひらをぶんぶんと横に振る。

「嘘《うそ》だね。貴族子女はたいていピアノを習わせられるものだし、ロックウェルの応接室のピアノはマメに調律がしてあった。先日お義母上に聞いたら、小さい頃はお義母上と並んで座り、知らない曲を弾いてくれたと言っていたよ？」

　それは……母に教えた前世の、猫《ねこ》を踏んじゃう曲のことでしょうか？

「無理無理無理無理ですっ！　あんな超絶技巧《ちょうぜつぎこう》のルーファス様の曲を聴いたあとで、私が披《ひ》露《ろう》できるわけないでしょー！」

「え？　軍港周辺の調査に行きたくないの？」

「行きたいです〜！」

「ははは っ！」

　ルーファス様が笑いながら私に覆《おお》いかぶさる。今度は私が抱きしめられる。

「ピア……」

「……大事なフィリップ殿下がお元気になる道筋ができて、本当によかったですね」

「うん。ホッとした。ピア……愛してる……」

　ルーファス様は私の首元に顔を埋《うず》めて、到着《とうちゃく》までそのまま動かなかった。私は彼を抱きとめて、頰を寄せた。

　ルーファス様はなんでもスマートにこなしてしまう辣腕《らつわん》な旦那《だんな》様だけれど、時には羽を休める必要だってある。人間だもの。

　私がそんなルーファス様の止まり木になれればいいと、心から思った。

幕間　スタン侯爵家の深夜

ルーファスは就寝《しゅうしん》したピアの警護をメアリとビルに任せて、マイクを連れて馬車に乗り込みスタン侯爵邸《こうしゃくてい》に赴《おもむ》いた。この深夜でなければ父侯爵は時間が取れなかった。

書斎《しょさい》のデスクで書き物をしていた父はまだ仕事着のままだった。私が入ると「おかえり」と一言かけて、供のマイクとソファーに並んで座るように指示し、自分も腰《こし》を上げて正面のソファーに座りなおした。

「いやはや。ローレン団長は真っ黒だったぞ。調べれば調べるほどに」

「素直《すなお》に白状しているのですか？　意外だな」

父が肘《ひじ》かけに頬《ほお》づえをつき、両目を細める。

「陛下がお怒《いか》りだ。あらゆる拷問《ごうもん》にかけている。死んだほうがマシだと思ってるだろうね。ああ、ルーファスからジェレミーが指輪に毒を仕込《しこ》んでいた件がすぐ伝達されたから、事件が明るみに出る前に、わけのわからぬままローレンの身ぐるみは引《ひ》っ剝《ば》いだよ。指輪と奥歯《おくば》に毒を仕込んでいた。全く、専門職は面倒《めんどう》だ」

奥歯に毒……なかなかできることではない。

「そこまでの覚悟《かくご》ならば舌を噛《か》み切るのでは？」

「そうさせないように、尋問《じんもん》時間以外は薬でぼんやりしてもらっているよ。自分が安全性を謳《うた》って作った薬だ。自らがサンプルになれて嬉《うれ》しかろう」

「なるほど」

とりあえずローレンが逃《に》げおおせてないことがわかり安心した。背もたれに寄りかかり、両手を組み合わせる。

「お前の読みどおり、ローレンが敵に通じていた。お前が生まれる前から仕込まれていたんだ。子爵位《ししゃくい》で、政治と直接的な関わりのない医療師《いりょうし》であったことが盲点《もうてん》だった」

「命を救うはずの医療師が敵国のスパイで、陰《かげ》で大勢の人間を殺《あや》めていたなどちょっと考えつきませんでしたね。先入観に引っ張られてしまいました。反省です」

隣《となり》のマイクがいつもよりも覇気《はき》のない声でそう言い、頭を下げた。

「マイク、謝罪は不要だ。君の言うとおり、何十年もきちんと働き、信頼《しんらい》を勝ち得た末の犯行だ。ローレンこそが遅効性《ちこう》の毒とも言えるな」

おそらくローレンは今回に限らず長きにわたり、我が国の優秀《ゆうしゅう》な人材を病気と称《しょう》して殺してきたのだろう。

父がウイスキーをグラスに注ごうとしたので、手振りで止める。私はピアのもとに帰らねばならない。父は右眉《まゆ》をピクリと上げて、自分の分のみグラスに満たした。

「で、やはりローレンはメリークの手先で間違《まちが》いないのですか？」

父は小さく頷《うなず》いた。

「ローレンの身辺を探《さぐ》ったところ、夫人は小国パジェドの下級貴族の出だと届け出られていたが、メリーク出身であることを偽装《ぎそう》するために書類上の養子になっていたようだ」

「ジェレミーの母親がメリークの出ですか……」

ピアから聞いた、アンジェラ経由のジェレミーの母親の情報を頭の中で精査する。メリークの女性は襟《えり》の詰《つ》まった服を好んで着る。それは北国ゆえの防寒対策だったのだが、今ではそれが慎《つつし》み深《ぶか》いというマナーになっている。

そして、庭に祠《ほこら》を建てるのも雪が深くなると神殿《しんでん》に参拝できなくなるため、代わりに祈《いの》りの場を設けるというメリークならではの風習だ。

「なるほど……随分《ずいぶん》と昔からかの国は我が国に種を蒔《ま》いていたのですね。こうなると、あの家だけではないかもしれない。マイク、これまでチェックをかけてこなかった子爵家や王家と顔を合わせる機会のある官僚《かんりょう》などの身辺をチェックしてくれる？」

「奥方や母親を含《ふく》めてですね。かしこまりました。それにしても、医療師団長が裏で糸を引いていたのであれば……上手《うま》くいかないはずですね」

マイクがため息をつきながら、そう零《こぼ》す。我々は奴《やつ》をスパイとも気づかず、あまつさえ信頼してこちらの手の内を晒《さら》していたのだ。

「結局のところローレンがベアードとグルで、毒の発見を恣意《しい》的に遅《おく》らせ、解毒剤《げどくざい》の材料を隠蔽《いんぺい》し、キャロラインが牢獄《ろうごく》で余計な証言をしないように巧妙《こうみょう》に誘導《ゆうどう》していたのだ」

父もつまらなそうな顔で、グラスを傾《かたむ》ける。

「どれも彼にしかできない役割ですね」

「そう、それだ。彼はね、一流が大好き、各方面で一番地位の高い人間にちやほやされることが大好きな王妃殿下《おうひでんか》のお気に入りという立場を利用して、お前たちがクッキーの危険性を進言した時も『クッキー程度で大げさな。ただの火遊びですよ。学生の今くらい羽を伸《の》ばさせてあげないと！』と進んでアドバイスしていたそうだ。さらには実の息子《むすこ》にもクッキーを食べさせ体調を崩《くず》させて、周囲の目をくらましていた。大した役者だ」

我々の真剣《しんけん》な研究成果も冗談《じょうだん》のように扱《あつか》われたか……乾《かわ》いた笑いが漏《も》れる。

「ジェレミーだけが回復が早かったのは？」

「もちろん既《すで》にメリークで完成された解毒薬を飲んでいたからだ。実際に毒に侵《おか》された症状《しょうじょう》も身をもって覚えているわけだから、まだ毒が残っているふりをすることなど造作もない」

「完全に騙《だま》されました。してやられた」

「ふん。お前だけではない。かつて私が盛られた毒もローレンの仕業だったよ。毒を盛った相手に解毒法を問い合わせた自分が恥《は》ずかしい。そして当然ながら的外れな処置をしたこと、二度と忘れんぞ。医療師団に愛想《あいそ》をつかしたクリスを囲っていて本当に助かった。給料を二倍にしてやらねば」

父は底冷えするような笑《え》みを漏らした。

「殿下の殺人未遂《みすい》の動機は吐《は》きましたか？」

「ああ、本人は吐いたことも覚えていないだろうが。ベアードの計画が頓挫《とんざ》したことで、せめてフィリップ殿下だけでもキャロラインとベアードの毒のせいと見せかけてじわじわと体調を崩させて亡《な》き者にしようとしたそうだ」

「フィリップ殿下は王太子でこそなくなりましたが、いなくなれば国にとって大打撃《だいだげき》ですからね」

マイクの言葉に静かに頷く。フィルはハンサムなだけでなく聡明《そうめい》で快活だ……私と違《ちが》って。ゆえに国民の人気は高い。フィルを失ったら国中が悲しみに包まれただろう。

それに王太子ではなくなったが、フィルは王位継承《けいしょう》権を保持したままだ。まだエドワード王太子が子を持たぬ今、フィルは依然《いぜん》継承権第二位。やがて臣下に下り公爵《こうしゃく》になってもそれは変わらず、継承権はフィルの子が受《う》け継《つ》いでいく。継承権を持つ人間が複数人いなければ、国は存続の危機だ。

つまり、フィルがいなくなれば国は間違いなく弱体化する。そして私は友人一人守れなかった愚《おろ》か者《もの》に成り下がり、そんな自分を生涯呪《しょうがいのろ》ったことだろう。

「間に合って……よかった」

思わず天井《てんじょう》を仰《あお》ぎ見《み》る。そんな私に父が声をかける。

「ルーファス、今回ジェレミーが現行犯で薬瓶《くすりびん》に流し込んだ毒も鑑定《かんてい》の結果、日々の薬に混ぜ込まれていた毒、つまり私に盛られていたものと同一だった。それをいつもの三倍の量。相当メリークに追い詰められていたようだ。『期限はとっくに過ぎてしまった』と言ったと報告が上がっている」

「やはり」

クリスによると、薬と称していた毒を毎日薬包の量きちんと飲ませていたら、あの見舞《みま》いの日から約一カ月で命を落とすことになっていた。

回復こそしないがなかなか予定どおり死なないフィルに、敵は相当焦《あせ》っていたはずだ。チャンスを与《あた》えれば必ず動くと確信していたが、結局同じ毒を用いてダメ押ししようと思ったか？

「父親からのアプローチが手詰まりになって、息子に望みを託《たく》したのか？　メリークから直接ジェレミーに指示が出たのか？　いずれにせよ息子も成人済み。同罪だ」

ジェレミーの「殿下、早くくたばってくれないかな？　うちの家族、消されちゃうんだけど？」という言葉から考えるに、おそらく生まれたその日から親の、メリークの道具として生きてきて、さらに急げという厳命を下されていたと推察できる。そんなジェレミーを哀《あわ》れとも思うが、フィルを害そうとしたことの言い訳にはならず、許すつもりもない。

「旦那様《だんな》、医療師団長とジェレミーは現在どのように？」

「それぞれ独房《どくぼう》に収監《しゅうかん》中。夫人も毒をはぎとったあと、家宅捜索《そうさく》を終えた屋敷《やしき》で監視《かんし》付きの軟禁《なんきん》中だ。何、簡単には死なせんさ。知ってることを全て吐いてくれるまではね」

あらかた話は済んだ。今聞いた話を脳内に整理しつつ、帰《かえ》り支度《じたく》をする。

「ではごちそうさまでした。マイク、戻《もど》るよ」

「ごちそうさまってお前、水しか飲んでないだろう？　まあルーファス待て」

「まだ何か？」

父が体を乗り出し、私の瞳《ひとみ》を覗《のぞ》き込む。

「……ローレンの屋敷の書斎に、ピアの情報と功績をメリーク語に翻訳《ほんやく》した文章の下書きと、ピアの論文が数点残されていた」

「下書きですか？」

「既に本紙は本国に送付済みと思われる」

以前……キャロラインに会いに塔《とう》の独房に行った時に『博士の論文、いつも興味深く拝見しております』と言って、にこやかに笑ったローレンの顔を思い出し、思わず舌打ちをする。

そういえば今年のアカデミーの学会にも顔を出していた。

フィルとの面会帰りもメリークのスパイに尾行《びこう》されたが……あれはローレンの手引きだ

ったか。

「マイク、ピアの警備体制をもう一度、穴がないか確認《かくにん》してくれ。わかっていると思うがピアが危険に晒されて、一番に怪我《けが》をするのはサラだぞ？」

サラはピアを妹のように愛している。それはルーファスがピアと出会う前からのもので疑う余地もなく、身を挺《てい》してピアを守りかねない。

「……わかっております」

マイクは珍《めずら》しくムッとした顔で答えた。

「そういえば、ルッツ子爵の娘《むすめ》が研究室に入り込んでいるらしいが大丈夫《だいじょうぶ》か？　正直なところ子爵自体は益にも害にもならない男だが？」

「ピアを悲しませることはスタン家に背《そむ》くこと。それがどういうことかを彼女にもその両親にもきちんと説明しています。彼女は、『婚約《こんやく》中からジェレミーのことを嘘《うそ》くさいと思っていた』と言っていました。案外洞察力《どうさつりょく》があるようで面白《おもしろ》いです。まあ研究室ではマイクが、ギルドでは父上の影《かげ》がギルド員に擬態《ぎたい》して目を光らせているので、決して二人きりにはさせません。今のところピアは楽しそうに彼女と交流しているので、現状維持《いじ》で」

「気をつけているのならいい。そうだ、マイク。研究室への手紙はピアの手に渡る前に必ずチェックするように。怪《あや》しいものは当たり前だが、怪しくない手紙も要注意だ」

「……父上、たとえば？」

「王妃殿下、とか？　今回はローレンに騙されていただけで犯行には関与《かんよ》していないようだが、だからこそかなり怒《おこ》っていらっしゃると伝え聞く。引き続き注意を怠《おこた》るな。殿下は自分に反論できない相手を選び、なぶって憂《う》さを晴らすタイプだ。私としてはあのお方とピアを会わせたくはないね。理不尽《りふじん》な怒りを向けられたら、ピアなどひとたまりもないだろう」

付き合いきれない。ギリっと奥歯を噛みしめる。

「父上、私はピアか国かの選択《せんたく》を迫《せま》られたら、間違いなくピアを選びますので」

「ふふ、そうだな。私もそんな息子と可愛《かわい》い嫁《よめ》を選ぶよ。ピアはもう名実共にスタン家の人間だ。髪《かみ》の毛一本触《ふ》れさせてはならん。影を増やす。あの手狭《てぜま》な屋敷はますます窮屈《きゅうくつ》になるがルーファス、我慢《がまん》しろ」

「ありがとうございます」

「礼には及《およ》ばん。ピアは娘だ」

父は今日一番朗《ほが》らかに笑った。

第六章　神殿での誓い

年が明けて本格的な冬になった。この時期の雪に包まれたスタン領に滞在《たいざい》するのは初めてだ。

そんな北国は、しんしんと雪が降り積もる音だけの静けさに包まれているのが通常の光景なのだが……今年は違《ちが》う。なんとルーファス様が私たちの結婚式《けっこんしき》を強行したのだ。

「る、ルーファス様？　この一年で一番寒い時期をあえて選ばなくてもよろしいのでは？」

「私は一刻でも早く、ピアと正真正銘夫婦《しょうしんしょうめいふうふ》になりたいと願っているんだけど、ピアは違うの？」

このルーファス様の、私を覗《のぞ》き込むような角度の表情は反則だと思う。

「ぐっ……いえ、そうじゃなくて、参列する方が大変だろうと。特に王都在住の皆様《みなさま》は雪道慣れしてませんし、馬も華奢《きゃしゃ》でしょう？」

「そのとおり。どうでもいい参列者をさらに間引く意味もある。騒《さわ》がしいのは我々にそぐわないだろう？　もちろん私たちのロックウェルの家族や、ピアが厳選した友人たちにはこちらから迎《むか》えを出したから快適に到着《とうちゃく》するはずだ。心配しないで」

「あの、でも、本当に次期侯爵《こうしゃく》の結婚式が、ここまでこじんまりでいいのですか？　この気候で当初の予定よりさらに参加者が削《けず》られましたし……ひょっとして王都に戻《もど》って披《ひ》露宴《ろうえん》だけもう一回とか？」

最近の侯爵家嫡男《ちゃくなん》の結婚式の例として、八年前のエリンのお兄様の時は、招待客だけで五百人、当日参加を入れるとその倍だったそうだ。もしそうならば心の準備が必要だ。

「春にも説明しただろう？　私が必要ないと言い、両親も賛同している。それが全てだ。もはやピアの人相を流出させたくない。スタン領ならばおかしな人間が入り込んだ時点で処理できる」

「は？　人相ですか？」

前世の時代劇のお尋《たず》ね者《もの》の立て札が脳裏《のうり》をちらつく。

「ほら、陛下も以前、友好国パスマを刺激《しげき》したくないから、小規模が望ましいって言ってただろう？　その命に従うだけだ」

そういえばそんなこともあった。慌《あわ》ただしい日々の中、すっかり忘れていた。

ということで、続々と車寄せに豪華《ごうか》な馬車が到着する。二人で二階の大窓から眺《なが》めていると、皆《みな》一様に荷物が大きい。

「皆何を持ってきたのかしら？　防寒着？　お貸しできますと事前に言えばよかったか

な？」

「あれはおそらく我々へのプレゼントだよ。腐《くさ》っても筆頭侯爵家の慶事《けいじ》だからね。下手なものは渡《わた》せない」

「ひえっ！」

ルーファス様が無意識に私のチキンハートをえぐってくる。

「参列してくれるだけで……プレゼントなのに」

「……そうだね」

苦労の甲斐《かい》あって、春に出した招待状では欠席だった皆様が、全員出席に変更《へんこう》してくれた。

「本当によかった。あとは明日の本番、吹雪《ふぶ》かないことを祈《いの》るのみだわ」

「大丈夫《だいじょうぶ》だよ。ピアの日頃《ひごろ》の行いがよければ」

「ルーファス様は？」

「私がいいわけないだろう？」

ルーファス様が清々《すがすが》しく笑った。

「そうでしょうか……ルーファス様ほど素晴《すば》らしい人を私、知りませんけれど？」

前世であっても今世であっても、この人ほど努力家で、情に厚い人を知らない。とっても照れ屋だから近しい人にしか知られていないけれど。

「ふーん。今、私がどれほど悪いことを考えているか、想像つかないだろう？」

「そうなのですか？」

「明日の挙式が終わったら、今度こそ本当にピアを片時も離《はな》さないから。覚悟《かくご》してね」

「え……？」

私がその意味を考えていると、ルーファス様が悪いお顔で笑って、窓から私を引き寄せ、壁《かべ》と自分の腕《うで》の間に囲ったのちに鼻先にチュッとキスを落とした。


翌日は寒さが厳しいものの晴天だった。澄《す》みきった青空に真っ白な雪と白亜《はくあ》のスタン神《しん》殿《でん》のコントラストが清々しい。日の光がこんなにも雪に反射して、眩《まぶ》しくも美しく大気中をキラキラ降り注いでくるなんて、知らなかった。

しかし、神殿の屋根や木々の梢《こずえ》には雪が厚く積もっているのに、周辺の地面だけは相変わらず雪がない。地熱が他よりも高いのだろうか？ まあドレスアップした参列者の足元が汚《よご》れないのはいいことだ。

生まれて初めて見る父の整髪《せいはつ》したうえでの黒の礼装姿は、思ったよりもハンサムだった。

「ピア、寒くないか？」

「寒いはずなんですが、緊張《きんちょう》してそれどころではないです」

父と二人きりで神殿の扉《とびら》の外で待つ私。中にはもう、私たちの大好きなお客様と、家族と、ルーファス様が待っている。ブルブルッと震《ふる》える。

「花嫁《はなよめ》は薄着《うすぎ》だからな。よしよし」

私のウエディングドレスは白のシルクの上に繊細《せんさい》なスタン領の伝統柄《がら》のレースをそっくり重ねたものだ。寒さ対策だとお義母様《かあさま》はおっしゃったけど、純粋《じゅんすい》に二着分の費用がかかってるんじゃないかと思って、気が気ではない。

そして長袖《ながそで》で首回りも詰《つ》まっている。ドレスメーカーのマダムはデコルテを出すのが今の主流だと言《い》い募《つの》ったけれど、

『私がむざむざピアの肌《はだ》を他人の目に晒《さら》すことを許すと思っているのか？　ああピア、ピアは体が弱いから風邪《かぜ》をひくとまずいってことだよ？』

と、わざわざ採寸に付き合ったルーファス様が瞬殺《しゅんさつ》した。まあ実際凍《こお》るほど寒いので、ルーファス様のご指摘《してき》どおりにして正解だった。

そして首にはスタン家の家宝であるダイヤとエメラルドの二連掛け。さすがに華美《かび》すぎる。というかいろいろ重い！　と泣きついたが、お義母様に諦《あきら》めるよう諭《さと》された。

しかし、いざつけてみるとそう違和感《いわかん》はない。ダイヤがレース地の上でピンク色に優《やさ》しく光を放ち、その下にエメラルドが気高く輝《かがや》いている。重ねてつけることも考えたうえで

のデザインとのことだ。

そんな純白の私を父が懐《ふところ》に入れて腕や背中をさすってくれる。父は平均よりも小さな体格だけれど、腕の中は私には十分に広い。

「お父様……ろくに領政《りょうせい》のお手伝いもせず、娘《むすめ》らしいこともできず、化石のことしか頭にない、変な娘だったのに……今日まで守ってくれてありがとう」

流されるようにルーファス様との新居に住み始めてしまい、きちんと挨拶《あいさつ》していなかったことが心残りだった。前世の私も、故郷の両親に何も言えぬまま儚《はかな》くなるという親不孝をしでかした。

前世の分も込めて、あなたたちの娘に生まれたからこそ、こうして健康で幸せになれたのだと伝えたい。どうしても照れ臭くて、父の胸に顔を埋《うず》めたままになってしまったけれど。

「お父様、大好きです。お母様の言うことをちゃんと聞いてね。研究に夢中になって、ご飯を抜《ぬ》かないでね」

頭上から、ふふふっという優しい笑い声が降ってくる。

「ピアも、研究のことしか興味のないダメな父親を見放さないでくれてありがとう」

父はふわりと私を持ち上げて、幼い頃《ころ》のように両頬《りょうほお》にチュッと音をたててキスをしてくれた。

「ピア。ルーファス様と、世界で一番幸せになってね」

「……はい」

私の顔が映った私と同じ薄灰の瞳《ひとみ》は、やっぱり私と同じく潤《うる》んでいた。

荘厳《そうごん》なパイプオルガンの音色が分厚い扉の向こうから聞こえてきた。

「ピア様」

サラがさりげなくやってきて、私の衣装《いしょう》をもう一度整えてくれる。

「ありがとうサラ。今日も、これまでもこれからもどうぞよろしくお願いね」

今日のサラは黒の侍女《じじょ》服ではない。薄いブルーのドレスに身を包み、髪《かみ》もいつもよりも華《はな》やかに結《ゆ》っている。私の後ろから付《つ》き添《そ》って、ドレスのトレーンを巧《たく》みに捌《さば》いてくれるのだ。サラ以外には頼《たの》めない。

「ピアお嬢様《じょうさま》……健《すこ》やかにお育ちになって。私のお嬢様がやはり一番美しいわ。ルーファス様が隠《かく》したがるのもわかります。さあ、ベールを下ろしますよ？」

私はベールがあると見通しが悪くて転びそうだから嫌《いや》だったのだが、これもルーファス様が譲《ゆず》らなかった。ルーファス様のこの花嫁衣装へのこだわりはなんなのだろう？

「おまけに今日はメガネも禁止って……」

「私と腕を組んで歩けば大丈夫だよ。サラ、準備ＯＫ？　よし、ピア、行こうか？」

「はい」

父と正面を向くと観音開きの扉がゆっくりと開いた。結婚式定番のオルガン曲に合わせてゆっくり進む。祭壇《さいだん》までの道は温室咲《ざ》きの花々で彩《いろど》られていた。

まずスタン領の各地方を治める重鎮《じゅうちん》の皆様が目に入り、次に目に入ったのは……あれ？　ラグナ学長とグリー教授である。学長は確かに来る気満々だったけれど、教授はマクラウド領からここまで、二週間はかかったのでは？　新婦側ベンチに腰《こし》かけ、グリー教授は頬を赤らめ両手を大きく振《ふ》り、学長はハンカチを握《にぎ》りしめて号泣《ごうきゅう》していた。二人とも、もう飲んだのだろうか？

そのあとは互《たが》いの親族が数人座り、家族のすぐ後ろの一番の上座には、新郎《しんろう》側にはフィリップ殿下《でんか》、エドワード王太子殿下、そしてヘンリー様が。新婦側にはアメリア様とエリンが華やかな装《よそお》いで座っていた。

通常婚約者《こんやくしゃ》同士は隣《とな》り合って座るものなのだが、今日のこの配置、男性陣《じん》も女性陣も、新郎新婦それぞれの友人であることを強調しているように見える。ありがたいことで、胸に喜びがこみ上げる。

そしてスタンのお義父様《とうさま》とお義母様、母と兄が最前列で私たちを見守り……正面でアシュユリー神官長とルーファス様が待ち構えていた。

父とルーファス様が互いに一礼し、父は私の手をぎゅっと握って母の隣《となり》に下がった。

ルーファス様にそっと腰を押されて、隣に並ぶ。ちらりとベール越《ご》しに見上げれば、ルーファス様が目を細めて微笑《ほほえ》んだ。彼の装いは髪をかっちりと上げて、黒の礼装に薄灰にも見えるシルバーのタイ。全て私の色……だそうだ。

神官長の前に並んで立ち、厳《おごそ》かな祝詞《のりと》をブーケを握りしめながら聞いて、時折学習したとおりの所作で返事をする。ガチガチに緊張していて、間違《まちが》えないように一つ一つこなしていくのがやっとだ。

ようやく終盤《しゅうばん》になり、お互いに宣誓書《せんせいしょ》にサインをする。昨年の婚姻届《こんいんとどけ》はルーファス様によって既《すで》に記入済みだったし、こうして大事な書類に上下でサインをするのは、あの幼き日の、賭《か》けの契約書《けいやくしょ》以来だ。

ルーファス様の文字はますます流麗《りゅうれい》さを増していて、私はその下に、とにかく間違えないように丁寧《ていねい》に名を書いた。あの二人が仲良くなるきっかけになった、私の運命を懸《か》けた契約書よりも上手になったと、ルーファス様は褒《ほ》めてくれるだろうか？

指輪の交換《こうかん》は省略だ。既に昨年陛下の前で嵌《は》めてもらい、あれからずっと私の左薬指でキラキラと輝きを放っている。

「では、誓《ちか》いのキスを」

神官長の言葉に私たちはようやく向き合った。ルーファス様が手袋《てぶくろ》をポケットに入れて、ゆっくりとベールをめくり、朝以来できちんと顔を見合わせる。

「ピア？」

上背のあるルーファス様が、ヒールを履《は》いても小さな私に覆《おお》いかぶさり、私にだけ聞こえる声で囁《ささや》く。

「私と結婚してくれて、ありがとう」

「わ、私もっ、あっ……」

ルーファス様は私を抱《だ》き込むと体を半回転させ、聴衆《ちょうしゅう》に己《おのれ》の背中を向けて私を隠した。そして、顔を傾《かたむ》けて、唇《くちびる》を合わせた。

やっぱりキスをされるとドキドキして、ぼおっとなって、ルーファス様を好きなこと以外何も考えられなくなる。ブーケを潰《つぶ》さぬように握りしめていると、

「ルーファス、長いってば――！」

「確かに長すぎる。本当に他人の目を気にしないやつだな」

ヘンリー様とフィリップ殿下の声が耳に飛び込んできてぎょっとした。ルーファス様の胸をブーケを握りしめた手でドンドンと叩《たた》くと、彼はようやくキスをやめて、不機嫌《ふきげん》そうに振り向いた。

「あれこれ横やりが入ってようやく名実共にピアを手に入れたんだ。全て完璧《かんぺき》に行わねばね。神官長、ちゃんとキスを確認《かくにん》した？　滞《とどこお》りなく終わったよね？」

「やれやれ若様……では、婚礼《こんれい》の儀《ぎ》はつつがなく執《と》り行われました。神に祝福されし若い

「二人に、ご参列の皆様、盛大《せいだい》な拍手《はくしゅ》を！」

私が慌てて参列者側に向き直ると、ルーファス様がグッと私の腰を引き寄せた。

温かい拍手と、爆笑《ばくしょう》と苦笑が、由緒《ゆいしょ》ある我がスタン神殿に響《ひび》き渡った。

恥《は》ずかしくて恥ずかしくてブーケを持ち上げて顔を覆うものの、やはり周囲が気になって、そっと顔を出すと——。

母とサラが笑《え》みを浮《う》かべて泣いており、兄は口《くち》の端《はし》を上げて私にウインクした。その後ろではエリンが号泣し、涙目《なみだめ》のアメリア様がにっこり笑って手を振った。参列した皆様全て笑ったり、泣いたり……。

気がつけば私の頬にも涙が伝っていた。

「どうしたの？　ピア」

「……感激しちゃって。本当に結婚できたんだなって。それを皆、駆《か》けつけてくれて、喜んでくれて、嬉《うれ》しくって」

「うん、そうだね」

ルーファス様は泣き虫の私の涙をいつものように、ちゅっと吸い取ってしまった。

「きゃっ！　ひ、人前でいけませんって、何回も言ってますっ！」

「ふふっ、では皆様、私とピアは晴れて夫婦になりました。ささやかですが食事を用意していますので、ご移動願います」

ルーファス様の、めったに見せることのない会心の笑みに、神殿中が大きくどよめいた。

控室《ひかえしつ》に一度戻って、ベールを取り、結い髪に小ぶりの生花を挿《さ》してもらい、皆様に挨拶しやすいようにドレスをトレーンの短めなものにチェンジする。ドレスはもちろんグリーンで、スタン地方の伝統柄が織《お》り込まれているものだ。そして改めてルーファス様と参列者の下に戻ると、神殿の広間がちょっとした立食パーティー会場になっていた。

「スタン本邸《ほんてい》で披露宴だと、敷居《しきい》が高いだろう。だから数代前から神殿を借りてお披露目《ひろめ》し、領民ならば誰《だれ》でも入って食べられるようにしているんだ。まあ、この寒さだから今日はあまり集まらないだろうが」

「それは申し訳なかったですね」

「夏に領地の町をひととおり一周すればいいよ」

「そうですね！　そのついでに測量もいたします」

せめてそっち方面でなりともスタン領に貢献《こうけん》しなければ！

「有能な奥《おく》さんで助かるよ。ありがとう」

既に和《なご》やかな歓談《かんだん》が始まっている広間の中、私は視線を巡《めぐ》らせる。

「……いたっ！　ルーファス様、あそこ！　カイルー！」

カイルがいつものパティシエのいでたちで、テーブルの料理を追加していた。

「ピア！　おめでとう。と〜っても可愛《かわい》いわ！」

「カイル……ありがとう！」

カイルは私にとってルーファス様とは別枠《べつわく》の特別な人だ。カイルももちろん挙式に招待したのだが、はっきり日取りが決まると、貴族ばかりの——それも王族まで参列するような挙式に参加するのは荷が重すぎると言ってきたのだ。

私は皆選民意識などない素晴らしい方たちだから大丈夫だと説得したけれど、ルーファス様がカイルに味方した。カイルは少し前からルーファス様に相談していたのだ。

「ピア、無理強《むりじ》いは良くない。カイルにはカイルの考えがある。彼が出席すべきではないと判断したのなら、尊重せねば。我々にはわかってあげられないことがあるんだよ」

常識的に考えれば確かに次期侯爵と平民の間には大きな壁があり、枠《わく》からはみ出た行動を取れば、今後の商売に差しさわりがあるのかもしれない。でも……。

「ところでスタン侯爵家お抱《かか》えパティシエであるカイルに命令だ。今度の我々の披露宴での食事の責任者に任ずる。これは決定事項《じこう》だ。心してかかれ」

私が困り果ててまごまごしていると、ルーファス様がそう提案してくださったのだ。

さすがルーファス様だ。カイルが披露宴に自然に参加できるように考えてくださった。

私のためだ。そんなことがあって、カイルは今こうしていつものパティシエスタイルで、気負うことなく祝福してくれている。

「いかがでしょうか、ルーファス様」

「うん。気軽に摘《つ》まめるもの中心でいいね。領民の中にはマナーを気にしてしまう者もいるだろうから。しかしあれは、びっくりするほど大きなケーキだな」

ルーファス様の視線の先には私がいつも地図を書く、模造紙ほどの大きさのケーキがドカンと鎮座《ちんざ》していた。

「ウエディングケーキと言いまして、皆で一つのケーキを切り分けて食べて、幸せをおすそ分けするんですよ。本邸に大きなオーブンがあって、綺麗《きれい》に焼けました」

「ピアのバースデーケーキもそういうコンセプトだったな……売れる」

ルーファス様がぶつぶつ思案しているのを横目に見ながら、あらゆる方向からケーキをチェックする。

「真冬なのに立派なフルーツがたくさん入ってる……エリンのところから？」

「もちろん！　ホワイト領のフルーツを食べなれたら、他のものなど使えないわ」

私の分も是非《ぜひ》一切れ残しておいてもらおうと思いつつ、他に視線を巡らすと、なぜか外のバルコニーに向けて行列が伸《の》びている。

「ふふ、あれはアイスクリームの列よ。今日は溶《と》ける心配がなくていいわね」

この様子ではこれも冬のスタン領の名物になりそうだ。私はクスッと笑って、飲み物を貰おうとテーブルに視線を落とした。

そこには昨年の卒業パーティーでもひっそり売れ残っていた……。

「あ……」

「カイル、お赤飯、また創作してくれたの？」

「もちろんよ。でも残念ながら小豆《あずき》が見つからないから、今回もゼリーで代用だけどね。この世界で奇跡《きせき》的に出会えた同志。ピアの幸福を願う気持ちは誰にも負けないよ」

そう言って温かく微笑みながら頷《うなず》くカイルは、ルーファス様並みにイケメンだった。

「私もカイルの幸せを、生涯《しょうがい》願ってる」

「僕の幸せは、トラブルに遭《あ》うことなく美味《おい》しいスイーツを作ること。ピアとルーファス様のおかげで叶《かな》ってるから、大丈夫」

カイルとしっとりと話していたら、突然《とつぜん》大声で呼びかけられた。

「ピアちゃーん！　こっち来ーい！」

なんと、グリー教授が引きつり顔のお義父様と肩《かた》を組んで手を振っている。私はカイルに頷いて、早歩きでそちらに向かった。

「ピアちゃん、宰相《さいしょう》閣下、存外話のわかる男だったぞ！　うわっはっは！」

「えええ……？」

教授を止められるのは学長しかいないと思ってキョロキョロと探してみたら、学長はフィリップ殿下を抱きしめて泣いていた。

「殿下ー！　よかったー……ほんによかった……うおーうっうっ……」

「じい、鬱陶《うっとう》しい」

　フィリップ殿下はぐったりした様子でそう言って、長くなった紫紺《しこん》の髪を振り乱し、学長から離れようともがいている。白のスーツ姿の殿下はさながら絵本の中の王子様のようだ……実際王子様なのだが。

「じい？」

　私が疑問に思っていると、追いついたルーファス様が教えてくれる。

「フィルは王になるはずだったから、家庭教師は当然国の最高峰《さいこうほう》の布陣《ふじん》だったんだ。学長は、フィルが十歳になるまで、毎日つきっきりで指導していたよ。とばっちりで私もたまに隣に座らせられた」

「そうだったんですか……」

　ラグナ学長は泣き上戸だったようだ。それにしても、カオスだ。

「ピア、とっても綺麗だわ。さすがルーファス様、ごてごてしてなくて、ピアの素朴《そぼく》な愛らしさを引き立てていて完璧です」

「ピア様、おめでとう。こんな、肩の凝《こ》らないアットホームなパーティーに呼んでいただけて感激よ。王都を離れればこういうことも許されるわね」

「アメリア様、王都を離れたから実現できたのではなくて、スタン家だからこそ可能なのです」

「あら、言えてるわ」

エリンとアメリア様がニコニコと微笑んで、お祝いに駆け寄ってくれた。

エリンはさも今日は特別だと言うように、チャームポイントのポニーテールを封印《ふういん》し、頭の高い場所で華やかに結い上げている。ドレスは自身の瞳よりも明るい青……つまりヘンリー様の瞳に似た光沢《こうたく》のある軽《かろ》やかな青で、洗練された、風格漂《ただよ》うものだ。

アメリア様は王族の瞳と同じ、ルビー色のフリルが重なった花のようなドレス姿で、髪型はもちろん麗《うるわ》しの縦ロール。美しいこの二人の存在こそ、この会場に花を添える。

「私はエドワード殿下が卒業するまで時間がまだあるけれど、次はエリン様かしら？」

「えっ！　ま、まだ具体的なことは決まっておりませんが、一応来夏に……」

もじもじするエリンの視線の先には、学長に絡《から》まれているヘンリー様の姿があった。フィリップ殿下はヘンリー様を生け贄《いにえ》に逃げおおせたらしく、エドワード王太子殿下の大きな背中に隠れて一息ついている。エドワード殿下も口を大きく開いて笑っていて……ご兄弟仲が良さそうで本当によかった。

不意にダガーとブラッドが招待客の間を縫《ぬ》い、ワフワフと私の足元にやってきて、体をこすりつける。

「ふたり共どうしたの？　寂《さび》しくなっちゃった？」

私がしゃがむと、賢《かしこ》いダガーはきちんとお座りし、私の前にコロンと茶色い塊《かたまり》を置いた。

「なあに、ダガー？　……うそ、琥珀《こはく》だ……」

前世のピンポン玉と同じくらいの大きさの、純度の高い飴色《あめいろ》の琥珀に呆然《ぼうぜん》とする。一体いつ、どこから掘り出してきたんだろうか。

「へえ、やるなダガー。ピアへのプレゼントだね」

ルーファス様がダガーの頭をグリグリと撫《な》で回《まわ》す。ダガーは褒められて、尻尾《しっぽ》をパタパタと揺《ゆ》らした。

泣きたいほどに平和だ。家族がいて、友がいて、転生仲間がいて、恩師がいて、愛犬がいて、ルーファス様がいる。〈マジキャロ〉の不安材料は、今度こそ全て解決した。そして、大好きなルーファス様との愛を、神に誓うことができた。

「ところで、ピア、賭けを覚えてる？」

「はい？」

「『結婚式で泣かなかったほうが勝ち、敗者は勝者に参列者の前でキス』だったよね？」

「あ……」

記憶《きおく》のかなたに追いやられていたが、まだあれから一年も経《た》ってないのか……売り言葉に買い言葉だった賭け。うっかり乗った自分が恨《うら》めしい。

「さっき、泣いちゃったね？　ピア」

ルーファス様が、ニヤリと笑って待ち受ける。

「えっと……まさか今ですか？」

「うん、今。キスして？　ピア」

肩を抱かれ、額がくっつきそうなほど顔を寄せられ、逃げ場を失った。

今日は少しくらい浮わついたことをしても、きっと許される……よね？　皆カイルの料理に集中しているだろうし……私は覚悟を決めた。

「る、ルーファス様、かがんでください」

ルーファス様が正面になおり、私のほうに体を倒《たお》した。

「ピアちゃんがルーファスに賭けで負けて、今からキスするって！」

どこから聞いていたのかヘンリー様が大声をあげ、総員が注目する。

「ば、ばかヘンリー！」

エリンが窘《たしな》めてくれるけれど、手遅《ておく》れだ。

引っ込みもつかないし、私は根性《こんじょう》を振り絞《しぼ》りルーファス様の両肩を握って背伸《せの》びした。

今こそ弱気MAXシルエットモブ悪役令嬢《れいじょう》から脱却《だっきゃく》するのだ、ピア！

ルーファス様は面白《おもしろ》そうな顔をしたあと、目尻《めじり》を下げて微笑んだ。二人の距離《きょり》がゼロに近づいたその時、ドゴ――ン!!

表で大きな音が鳴り響くと同時に、建物がズンっと激しく縦に揺れた。

「襲撃《しゅうげき》かっ！」

護衛が剣《けん》を取り、マイクを先頭に玄関《げんかん》へ向けて走っていく。丸腰《まるごし》の者はしゃがんだりパートナーを抱き寄せたり、各自安全を確保する。

だが、私の前世の体験からすれば、今の揺れは人的な襲撃というよりも地震《じしん》の衝撃《しょうげき》に似ている。そもそも警備は万全《ばんぜん》なのだ。だとすれば、この古い建物にとどまるのは危険では？　私は指揮を執ろうとお義父様の下に向かうルーファス様に向けて大声をあげた。

「ルーファス様！　建物が倒壊《とうかい》するおそれがあります。一旦《いったん》、皆様を外に！」

「ピアがそう言うなら！　総員建物外に退避《たいひ》！　年配者と子どもと助けがいる者から順に！　落ち着いて！　スタンの名において、決して危険な目には遭わせない！」

少人数のパーティーで助かった、と思いながら神官たちに声をかけつつ、ドレスの裾《すそ》をまくり上げて小走りで玄関に急いでいると、ふわっと体が浮いた。

「ルーファス様、お客様を先に！」

「一番重量のある格好で身軽ではないのはピアなんだ。他の男に私がピアを任せるとでも？　走るから摑《つか》まれ！」

「は、はい」

未知のことにハラハラしながらも、ルーファス様が守ってくれるのなら大丈夫だと、根拠《こんきょ》のない安堵《あんど》に包まれた。

外に出た瞬間《しゅんかん》思ったことは、「あれ？　あったかい？」だった。

うっすら靄《もや》が立ち込め、空気がキラキラと輝いていた。ダイヤモンドダスト？　そしてなぜか、ざあざあという水音。呆然とした表情の皆様の人垣《ひとがき》。

ルーファス様が足を踏《ふ》み出し、私を抱いたまま前方に分け入った。すると、

「なんだこりゃ……」

地中からものすごい勢いで水柱が立ち、もくもくと湯気を立てている。

「間欠泉……ってこと？」

前世、テレビの旅番組でこれと同じ光景を見たことがあるなあ……と、ぼんやり思い出す。

「おお！　これは良質の温泉じゃぞ！」

スタン産のウイスキーで酔《よ》っぱらった赤ら顔のグリー教授が、既にできた湯だまりからお湯を両手で掬《すく》い、朗《ほが》らかに断言した。

噴《ふ》き上げる温泉を見上げていると、降り注ぐ温泉の飛沫《ひまつ》に、私たちも招待客の皆様も、しっとり濡《ぬ》れた。

「ふ、ふふふっ、うわーっはっは！」

唐突な噴き出し笑いに振り返ると、フィリップ殿下がヘンリー様の肩に肘を載せて、お腹をよじって笑っていた。

「ルーファス、ピア、本当にお前たち最高だな！ リハビリを頑張ってこの遠いスタン領までやってきた甲斐があった。人生において、突然お湯が地面から噴き出すところに出くわすなんてありえる？ あーおかしい。ピア、確かに我が国はまだまだ神秘に満ちてるね！ 一緒に隅々まで探検に行かねばね！ くくくっ」

「フィル！ 笑い事じゃないっ！」

ルーファス様が私を地面に下ろすとつかつかと殿下のもとに赴き、とうとう涙を流して笑っている殿下の両肩を押さえて睨みつける。

「ごめん！ 許せってルーファスっ！」

「あー、ルーファスのガチギレ、久しぶりに見たな〜！」

「ヘンリー、なんで煽るようなこと言うのよ！ おバカ！」

私たちの美しく平和な披露宴は、一瞬で混迷を極める事態に陥った。

エピローグ

私はルーファス様と神殿《しんでん》での挙式を果たし、〈マジキャロ〉の世界線から完全に脱却《だっきゃく》した。

つまり、〈マジキャロ〉に怯《おび》える生活は完結したのだ！　と思ったら間欠泉が噴《ふ》き出した。スタン領はメリークと地理的に近い。メリークの火山と地下で繋《つな》がっていたのだろう。

あれからルーファス様とお義父《とう》様《さま》は招待客の安全や、予定より早くなった皆様《みなさま》の帰途《きと》の準備。そして間欠泉の土地の整備やらの後始末に忙殺《ぼうさつ》された。

まあしかし、湧《わ》き出たのはなんの害もない単純な温泉で、それも次期領主の挙式当日のことだ。「奇跡《きせき》だ！」、「神の祝福だ！」という声が巻き起こり、ただでさえ私たちの慶事《けいじ》に沸《わ》いていた領民たちの盛り上がりは最高潮に達し、スタン領の景気はストップ高だ。で、そちらの相談も受けたり、王都から役人が来たり……。

つまり、私は書類上、儀礼《ぎれい》上の結婚《けっこん》は済んだけれど……未《いま》だルーファス様と同じ部屋で寝《ね》ていません。というか、ルーファス様、多忙《たぼう》を極《きわ》め寝ていないのではないだろうか？

まあでもよその夫婦《ふうふ》の閨《ねや》の事情まで他人にはわからないし、きっと傍目《はため》には立派な夫婦に見えているだろう。だからヨシ！

間欠泉は二日ほどで止まり、今ではコンコンと湯だまりに湧き出している状態になった。温度はちょっと高めだが、調査の結果有害な成分は出ず、普通《ふつう》の温泉だった。

「ピアちゃん！　ちょうどよかった。これをわしからの結婚祝いにできるな！」

「うわあ！　露天風呂《ろてんぶろ》。グリー教授さすがです！　ありがとうございます！」

押しかけ結婚式参加&滞在《たいざい》中のグリー教授がその湧き出た源泉に、スタン領の大工さんたちを指導して、さくっと露天風呂と、そこを覆《おお》う小屋を作ってくれた。

「風呂《ふろ》は我が領地で散々改良を重ねたからな。わしの建築の集大成じゃ！」

世界的建築学権威《けんい》の集大成がこの露天風呂……うん、ありがたい。スタンの最高級木材をふんだんに使用しているので、前世のお殿様《とのさま》の入るような湯舟《ゆぶね》になった。脱衣所《だついじょ》もモダンなデザインかつ手すりがあちこちにあって安全設計だ。

世界中で一番の温泉好きと豪語《ごうご》する民族の転生者である私……もう我慢《がまん》できない！　さっと持っていたタオルを首に巻き、湯気で曇《くも》ったメガネを外す。

「では、スタン領若奥様《おくさま》特権で、私ピア、一番風呂《いちばんぶろ》に入らせていただきます！」

「ダメに決まってるだろっ！　それにこれまで若奥様であることに躊躇《ちゅうちょ》していたくせに、いきなりその肩書きを振りかざしたりして！」

いつの間にか、ルーファス様が背後に来ていて、私の首根っこを引っ張った。

「あ、ルーファス様お帰りなさい！　一段落したのですか？」

「次から次に仕事が積まれていくよっ！　とにかくピア、一人で露天風呂は絶対禁止！」

「で、ですが、加水してちょうどいい温度になったところなのです。せっかくだし！　あ、ダガーとブラッドも……なんならソードとスピアたちも一緒《いっしょ》なら安心でしょう？」

「なんで待ったかけられっぱなしの新婚《しんこん》なのに、犬に先を越《こ》されねばならんのだ！」

「えええ？」

そこへグリー教授がパンパンと手を叩《たた》き、中に割って入った。

「ピアちゃん、ルーファスは疲《つか》れとるんじゃ。夫婦ゲンカはそのくらいにして、二人で仲良く足湯でもすればよい。わしは先に屋敷《やしき》に戻《もど》るぞ」

「足湯！　教授、ナイスアイデアです！　ルーファス様、服のままならとりあえずいいでしょう？　パンツの裾《すそ》を捲《めく》って？」

私たちは教授を見送ったあと、脱衣所の椅子《いす》を風呂の中に持ち込み、湯舟の際に置いて、せーので足だけお湯に浸《ひた》した。

「うわあ……あったかーい」

「これは……気持ちいいな」

風呂から眺《なが》める景色は正面のルスナン山脈はじめ、雪で真っ白だ。おそらく気温は今日も氷点下だろう。けれど、温泉は足元からじわじわと全身を温めてくれる。

「ルーファス様、足湯しながら氷菓《ひょうか》を食べるって最高に贅沢《ぜいたく》だと思うのです。今度試《ため》してみましょう？」

「氷菓ね……氷菓の噂《うわさ》も一気に広まったよ。フィルがスタン領かエリンの店でしか手に入らない氷菓を食べたおかげで元気になったとあちこちで言いふらしてくれているから。ピアが考案したということは防犯上伏《ふ》せさせてもらっているけれど……ごめんね？」

「考案したのはカイルですよ？」

「そうだね……ピアの優《やさ》しい気持ちから生まれたことは、私が知っていればいい」

フィリップ殿下《でんか》はひとまず化石ではなくアイスの広告塔《こうこくとう》になってくれたようだ。知れば知るほど殿下は気さくで柔軟《じゅうなん》で誠実で、頼《たの》もしい。この国に必要な方だ。

「ルーファス様がお忙《いそが》しいのはお気の毒ですが、スタン領はますます栄えそうですね。雄《ゆう》大《だい》な景色に豊富な資源、そして化石も氷菓もあるうえに……温泉です！」

「……それゆえに物騒《ぶっそう》な火種が尽《つ》きないが……ピアはスタン領が好き？」

なぜそんな、当たり前のことを改めて聞くのだろう？

「もちろんです。ここの自然は厳しくもありますが、恵《めぐ》みもたくさんもたらしてくれ、それを分《わ》け隔《へだ》てなく与《あた》えてくれて……優しいです。あれ？　これってルーファス様そのものですね。大好きです」

私は雄大な山々を見ながらそう言ったが、尋《たず》ねた人から返事がない。おや？　と思って隣《となり》を見ると、ルーファス様が右手で顔を覆っていた。

「ルーファス様？　きゃっ！」

私はルーファス様に背中からぎゅっと抱《だ》き込まれた。

「……ありがとう。ピア。好きになってくれて」

ルーファス様は私のこめかみにキスをした。嬉《うれ》しいけれど恥《は》ずかしくて、回された腕《うで》に視線を落とし、それをぎゅっと握《にぎ》りしめる。結婚しても、彼の甘い仕草に翻弄《ほんろう》されっぱなしだ。

「ねえピア。ここの温泉は私たちの結婚の記念にプライベート用にして、少し山を下ったところに源泉を引っ張って公衆用を作ろうと思うんだ」

「わ、わあ、贅沢ですね。プライベート温泉なんて。素敵《すてき》です！」

「公衆温泉のほうもきっと人気が出るよ？　おそらくピアがドラゴンの化石を見つけて、フィルとミュージアムを作るより先に、温泉街としてスタンは活性化するんじゃないかな？」

ん？　ルーファス様、さりげなくケンカを売ってる？　私は首をねじってルーファス様を軽く睨《にら》んだ。

「温泉街っていうのは随分《ずいぶん》長期的な計画ですよね？　絶対私の化石のほうが先に見つかっ

て、ここの経済を潤《うるお》せます！　私の化石大作戦は、もう、すぐそこにゴールがあるんですからね！」

なんてったって糞《ふん》は見つかったのだ。Tレックスの本体はあの周辺に必ずある！

「ふーん。じゃあ、賭《か》ける？」

「望むところです！」

「じゃあ先に経済効果一億ゴールド叩き出したほうが勝ちね。ピアが勝てば、ミュージアムのために、地上二階、地下一階のハコをグリー教授に依頼《いらい》してあげる」

「ルーファス様太っ腹！　ありがとうございます！」

「で、温泉街が先だったら……毎日必ずここに一緒に入ってもらおうかな？　奥さん」

「む、無理です！」

足しかお湯に浸《つ》かっていないのに、顔がゆでだこのように赤くなっていることがわかる。

ルーファス様の低く、穏《おだ》やかな笑い声が耳のすぐそばで聞こえた。大好きすぎる声に、やはり胸が早鐘《はやがね》を打つ。

私は弱気MAX奥様になったのに、辣腕旦那《らつわんだんな》様の賭けにまんまと乗せられてしまった。

おわり

あとがき

唐突《とうとつ》ですが皆様《みなさま》、「弱気MAX」のコミカライズを読んでくださいましたか？　私は必ず寝《ね》る前に一周して、ルーファスが夢に出てくるよう念じています（未《いま》だ出てくれない）。

そんな日々を過ごしている中で、この「弱気MAX令嬢《れいじょう》なのに、辣腕婚約者《らつわんこんやくしゃ》様の賭《か》けに乗ってしまった」三巻刊行にあいなりました！　たくさんの続刊希望の声のおかげです。本当にありがとうございます！

二巻はピアを中心とした女子の友情編でしたので、三巻はルーファスや〈マジキャロ〉の攻略《こうりゃく》対象者全員揃《そろ》い踏《ぶ》みの男の友情編です！

そして、コミカライズで描《えが》かれる王道フィリップ×アメリアカップルがあまりに仲睦《むつ》まじく、そんな二人を襲《おそ》う小説一巻終盤《しゅうばん》の未来を思うと泣けてきて……結果、三巻はフィリップの出番が当初の三倍に増えました。是非《ぜひ》全国民に彼の良さを知ってほしい！

三巻も読者の皆様にはストレスフリーですが、夫婦《ふうふ》というのに未だピアと同室になれないルーファスにはがっつりストレスが……すまんルーファス。我慢《がまん》だルーファス！　もうそろそろ作者、影《かげ》に消されるかもしれません。

そんなヒーローのために「キスシーン、ちょっと多すぎです！」と編集様からストップがかかるほど、激甘《げきあま》シーンを詰《つ》め込みましたので、皆様砂糖を吐《は》く器《うつわ》を準備してくださいね。

結婚《けっこん》してもマイペースで、化石マニアでルーファスを大好きなだけの（自称《じしょう》）平凡《へいぼん》なピアと、愛するピアを幸せにするためなら、敵など秒でねじ伏《ふ》せるけど？　のルーファスの話に、今回もお付き合いください。

それでは改めまして謝辞を。

弱気MAXな作者を常に叱咤激励《しったげきれい》してくださる担当編集Y様はじめ、出版に関わってくださった全ての関係者の皆様。夫婦となったルーファスとピアを優《やさ》しく愛情が満《み》ち溢《あふ》れるように描いてくださったTsubasa.v先生、二人をくるくる動かしインスピレーションを与《あた》えてくださるコミカライズの村田あじ先生、厚く御礼申《おんれいもう》し上《あ》げます。

そして〈マジキャロ〉の断罪が終わっても、その後の二人を気にかけてくれ、応援《おうえん》してくださる全ての読者の皆様に感謝です。今後ともよろしくお願いします。

最後になりましたが、これからの皆様のご多幸を心よりお祈《いの》りいたします。

またお会いできますように。

小田《おだ》ヒロ

■ご意見、ご感想をお寄せください。
《ファンレターの宛先》
〒102-8177 東京都千代田区富士見 2-13-3
株式会社KADOKAWA ビーズログ文庫編集部
小田ヒロ 先生・Tsubasa.v 先生

●お問い合わせ
https://www.kadokawa.co.jp/（「お問い合わせ」へお進みください）
※内容によっては、お答えできない場合があります。
※サポートは日本国内のみとさせていただきます。
※Japanese text only

弱《よわ》気《き》MAX令嬢《れいじょう》なのに、辣《らつ》腕《わん》婚《こん》約《やく》者《しゃ》様《さま》の賭《か》けに乗《の》ってしまった 3

小《お》田《だ》ヒロ

2021年11月15日 初版発行
2023年 8 月10日 6 版発行

発行者　山下直久
発行　株式会社 KADOKAWA
〒102-8177 東京都千代田区富士見 2-13-3
（ナビダイヤル） 0570-002-301
デザイン　伸童舎
印刷所　株式会社KADOKAWA
製本所　株式会社KADOKAWA

ISBN978-4-04-736841-5 C0193

定価はカバーに表示してあります。
◆◇◇

コミカライズ
弱気MAX令嬢なのに、
辣腕婚約者様の賭けに乗ってしまった
1
婚約者様の甘々が加速♥
コミックス1巻発売中
FLOS COMIC
フロースコミック
にて連載中！
https://comic-walker.com/flos/
弱気MAX令嬢なのに、辣腕婚約者様の賭けに乗ってしまった
マンガ◆村田あじ　原作◆小田ヒロ　キャラクター原案◆Tsubasa.v